Aurea
de wilde pony

Aurea
de wilde pony

Christine Linneweever

3e druk

KLUITMAN

Gouden paarden

Aurea, de wilde pony

De zoektocht van Pico

Maisa, de dappere arabier

De ontsnapping van Rafal

De droom van Fabio

Actuele informatie over Kluitmanboeken
kun je vinden op kluitmankinderboeken.nl

Nur 283/GGP101203

Omslagontwerp: Design Team Kluitman
Opmaak binnenwerk: Bureau Nu Alkmaar

kluitmankinderboeken.nl

Bij Koninklijke Beschikking
Hofleverancier

1

De geboorte van een gouden veulen

Terwijl de zon als een rode bal naar de horizon zakt, stapt de merrie Darinde door het bos. Het wordt nu snel donker. Darinde is alleen. Even daarvoor heeft ze de kudde verlaten. Nikkel, de leider van de kudde, heeft haar laten gaan. Hij weet wat er gaat gebeuren. Darinde ook en daarom zoekt ze nu een rustig plekje.

De dikke, rechte stammen staan dicht bij elkaar en de bomen zijn zo hoog dat de toppen vanaf de grond bijna niet te zien zijn. Het bos maakt deel uit van de ruige vlakte in Engeland waar al honderden jaren pony's wonen. Het leven voor de pony's is er niet altijd gemakkelijk. Soms is het droog en heet, soms ijskoud. Soms regent het weken achtereen. Die zware omstandigheden hebben ervoor gezorgd dat het ras sterk en taai is. En daar zijn de pony's van de vlakte trots op.

Terwijl de goudkleurige merrie met de zwarte manen door het bos drentelt, kriebelen de hoge varens onder haar dikke buik. Het is een prachtige zonnige dag geweest; een van de eerste van dit jaar. De lente lijkt nu echt begonnen. In het bos is dat goed te merken. Planten en bloemen schieten overal uit de grond en de knoppen van de bomen breken open. Het ruikt naar kruiden en vochtige aarde. Maar Darinde gunt zichzelf geen tijd om ervan te genieten. De bewegingen in haar buik vertellen haar dat de tijd begint te dringen.

Eindelijk bereikt Darinde de open plek in het bos. De laatste zonnestralen geven de begroeiing een gouden gloed. Hier moet het gebeuren! Ze zoekt een plekje waar het mos kussentjes heeft gevormd en laat zich langzaam en met een zachte kreun door de knieën zakken.

De krampen worden heftiger. Darinde heeft al vier keer eerder een veulen gekregen en weet wat haar te wachten staat, maar deze keer gaat de geboorte niet gemakkelijk. Het veulen is groot en Darinde is al niet meer zo jong. Pas na een paar uur ligt het natte veulen op het zachte mos. Het is inmiddels donker, maar de nacht is helder en de maan glanst hoog boven de open plek.

Darinde is uitgeput. Toch staat ze op om haar jongste kind te bekijken en schoon te likken. Het is een dochter. Met haar warme adem strijkt Darinde over het lichaam van het veulen en met haar tong likt ze een paar keer stevig over haar rug. Het veulen schudt haar hoofd; haar natte oren maken een flapperend geluid.

Het eerste half uur na de geboorte gebruiken moeder en dochter om elkaar te leren kennen. Ze snuiven elkaars geur op, wrijven met hun neuzen over elkaars huid en luisteren naar de zachte hinnikende geluidjes die de ander maakt. Op die manier ontstaat er een sterke band en kunnen ze elkaar altijd terugvinden. Dat is van groot belang als ze straks weer bij de andere pony's in de kudde zijn.

Darinde kijkt naar haar dochter. Als er een straaltje maanlicht over het veulen glijdt, houdt ze haar adem in. Wat is ze mooi! De vacht van het veulen heeft dezelfde kleur als die van Darinde, alleen zijn haar manen en staart niet zwart, maar licht. Ze glanst als opgepoetst goud. Niet een van Darindes andere zonen en dochters heeft deze bijzondere kleur.

'Ik noem je Aurea. Dat lijkt op aurum en dat betekent goud,' fluistert Darinde tegen haar dochter.

Het veulen kijkt haar vragend aan. Ze begrijpt niet wat haar moeder zegt, maar Aurea klinkt mooi. Dan doet Aurea haar eerste poging om op te staan. Dat is nog niet zo gemakkelijk. Die lange, wiebelige stelten willen helemaal niet meewerken en als ze bijna staat, valt ze zomaar weer om.

Darinde geeft haar dochter een duwtje met haar neus. 'Kom op, nog een keer proberen!' moedigt ze Aurea aan.

Na een aantal voorzichtige pogingen staat Aurea eindelijk op haar benen. Dapper doet ze een paar stapjes.

Darinde is zo trots op haar. Wat een knappe dochter! En wat is ze groot... Haar lange benen lijken nu misschien nog wat wiebelig, maar ze zullen sterk worden. Ze wordt vast een van de snelste van de kudde, denkt ze.

Aurea zet nog wat stapjes. Al snuffelend heeft ze de uier van haar moeder gevonden. Ze neemt een speen in haar mond en zuigt eraan. Niemand heeft haar verteld dat ze dat moet doen. Ze weet het gewoon. De warme melk stroomt naar binnen. Lekker!

Aurea voelt met elke slok haar krachten toenemen en een warm gevoel verspreidt zich door haar lichaam.

Als Aurea genoeg heeft gedronken, laten moeder en dochter zich weer op de grond zakken. Aurea, die dicht tegen haar moeder aan ligt, valt direct in een diepe slaap. Darinde niet. Zij waakt de hele nacht over haar jonge veulen.

In de ochtendschemering maakt Darinde haar dochter wakker door zachtjes in Aurea's oor te blazen.

Aurea doet haar ogen open en briest zacht. Dat kriebelt!

'Opstaan meisje, we moeten gaan,' zegt Darinde.

Beide pony's staan op. Aurea merkt verrast dat het opstaan en lopen haar al veel gemakkelijker afgaan. Dat is maar goed ook, want ze moet dicht bij haar moeder blijven. Nadat Aurea nog wat slokjes melk heeft genomen, beginnen ze aan de tocht terug naar de kudde. Het gaat langzamer dan de heenreis, die Darinde alleen maakte. Toch stapt de oude merrie stevig door. Aurea moet haar best doen om het tempo bij te houden. Darinde wil zo snel mogelijk terug naar de kudde. Daar zijn ze veilig.

De zon staat hoog aan de hemel als moeder en dochter het bos verlaten en op de vlakte de kudde terugvinden. De volwassen pony's lopen rustig rond, op zoek naar groene sprietjes. Vier jonge merries doen een spelletje. Ze rennen in een wilde galop achter elkaar aan en maken dolle bokkensprongen. Enkele merries kijken op als Darinde en Aurea zich bij de groep voegen.

Nikkel draaft direct op hen af. Hij begroet Darinde met een zacht, laag gehinnik, dat door haar wordt beantwoord.

Aurea is verlegen achter haar moeder gekropen, maar ze is

ook nieuwsgierig. Voorzichtig kijkt ze langs Darinde naar de sterke schimmelhengst. Wat is hij groot! Als Nikkel een paar stappen in haar richting zet, deinst ze van schrik achteruit.

'Een prachtig veulen, Darinde. Nog wat schuchter, maar dat zal wel overgaan. Een aanwinst voor de kudde,' bromt Nikkel.

Darinde buigt haar hoofd. 'Dank je,' zegt ze, blij met zijn goedkeuring.

Inmiddels staat ook de rest van de kudde in een halve cirkel om Darinde en haar dochter heen. Darinde kijkt trots rond. Ze vermoedde al dat haar vriendinnen haar veulen prachtig zouden vinden en ze krijgt gelijk. De paarden zijn onder de indruk van de aparte kleur van het jonge dier.

'Ze heet Aurea,' vertelt Darinde.

De merries willen dichterbij komen om het bijzondere veulen goed te bekijken. Aurea wordt een beetje bang van zo veel aandacht, maar Darinde stapt direct beschermend tussen hen in. Dichterbij mogen ze niet komen.

Dan springen een kleine bruine merrie en een iets grotere zwarte merrie uit de bosjes tevoorschijn. Ze lachen ondeugend. Het zijn Alicia en Anka. Zij mogen wel vlak bij Darinde en haar veulen komen.

Darinde draait zich om naar Aurea. 'Dit zijn je zusjes, Alicia en Anka. Alicia is één jaar en Anka twee,' vertelt ze.

Een voor een drukken de merries hun neus tegen die van Aurea.

'Zullen we spelen?' vraagt Alicia, maar Aurea is doodmoe van de reis en alle indrukken.

Darinde ziet het en stelt voor dat Alicia haar vriendinnen

opzoekt voor een spelletje.

Aurea gaat in het zachte gras liggen. Ze heeft nog maar net haar lange benen onder zich gevouwen als ze in slaap valt.

Darinde buigt zich beschermend over haar heen en dut ook in. Eindelijk kan ze even uitrusten. Nikkel houdt de omgeving van de kudde goed in de gaten. Hij zal ervoor zorgen dat zijn merrie en zijn dochter geen haartje gekrenkt zal worden. Darinde voelt zich veilig.

2

Gevangen!

In de maanden na de geboorte van Aurea wordt de kudde verder uitgebreid met nog vier veulens: twee hengsten en twee merries. Steeds zoeken de vijf elkaar op en dagen elkaar uit. Ze doen spelletjes, stoeien, rennen om het hardst rond de rest van de kudde en happen intussen naar elkaars benen. Aurea groeit flink en wordt steeds krachtiger. Ze is, zoals Darinde had verwacht, heel snel. Darinde geniet ervan om naar haar jongste dochter te kijken.

Vooral in de ochtenduren is de kudde actief. Ze zwerven over de open vlakte op zoek naar het sappigste gras of rollen in het zand. Als het niet al te warm is, maken ook de oudere pony's af en toe een dolle galop. De hele kudde stuift dan over het gras. Het geroffel van de paardenhoeven is tot ver in de omtrek te horen.

Tegen de middag, als de koperen zon naar het hoogste punt klimt, zoeken ze de schaduw van het bos op. In de buurt van de drinkpoel drommen de pony's dicht bij elkaar samen. Met hun staarten verjagen ze de vliegen en gemeen stekende dazen.

Aurea houdt het meest van de avonden. Dan koelt het af en

zoekt de kudde een goede plaats om de nacht door te brengen. Aurea vindt het heerlijk om naast haar moeder over de vlakte te stappen tot Nikkel een geschikte plek heeft gevonden.

Op een dag komt er een vreemd gevaarte de heide op gehobbeld.

Aurea kijkt met verbazing naar het ding, dat dreigend gromt. 'Wat is dát?' vraagt ze aan haar moeder.

Als Darinde ziet wat Aurea bedoelt, lijkt ze te schrikken. 'Dat is een auto. Mensen verplaatsen zich met auto's. Ze lopen namelijk maar op twee benen en daardoor zijn ze niet erg snel.'

Het grommende ding dat "auto" heet, komt op flinke afstand van de kudde tot stilstand. Aurea ziet dat de zijkant opengaat. Er stapt iemand uit. Het is een lange man met een halflange groene jas en een groen hoedje.

Het is de eerste keer dat Aurea een mens ziet. Ze proest het uit. 'Wat gek! Hij loopt op zijn achterbenen. En wat heeft hij een rare vacht!'

Darinde zegt niets. En als de man met zijn hand boven zijn ogen naar de kudde tuurt, gaat ze voor Aurea staan, zodat hij haar niet goed kan zien. Niet lang daarna vertrekt hij weer.

In de maanden die volgen, ziet Aurea de man verscheidene keren naar de kudde kijken. Altijd draagt hij hetzelfde hoedje en dezelfde jas. Darinde lijkt niet erg gediend van zijn bezoekjes. Altijd probeert ze Aurea zo veel mogelijk aan het zicht te onttrekken.

Aurea vindt dat maar niets; zij wil juist graag naar die rare man kijken. 'Waarom doe je dat steeds, mam?' vraagt ze op een keer aan haar moeder. 'Zo kan ik niks zien. Ik vind hem juist zo grappig.'

Darinde kijkt haar aan. Aurea schrikt van de verdrietige blik in haar moeders ogen.

'Hij is niet grappig. Dat zul je nog wel merken,' zucht Darinde.

Aurea begrijpt niet wat haar moeder bedoelt, maar durft niet goed verder te vragen.

Aurea is het voorval alweer bijna vergeten, als aan het eind van de zomer de man opnieuw de vlakte op rijdt. Deze keer wordt zijn auto gevolgd door nog twee auto's en een groter gevaarte. Nieuwsgierig bekijkt Aurea de stoet, die dicht bij de bosrand stopt.

De kudde heeft de hele middag in het bos doorgebracht en de paarden zijn juist de vlakte weer op gegaan. Darinde roept Aurea en ook Anka en Alicia direct bij zich. Aurea ziet dat haar moeder bang is. Ook Nikkel is blijkbaar nerveus, want hij draaft om zijn kudde heen en houdt de merries dicht bij elkaar. De angst slaat Aurea om het hart. Wat staat hun te wachten?

Uit de auto's stappen zeven mannen. Aurea ziet dat de man met de groene jas en het hoedje er ook bij is. Langzaam lopen ze langs de bosrand in de richting van de kudde. Hun grote laarzen maken een ploffend geluid in het zand. Als de mannen precies tussen de kudde en de bosrand zijn, blijven ze staan.

Nu kunnen de pony's niet meer terug naar de veiligheid van het bos.

Nikkel drijft zijn merries en veulens verder de vlakte op. Aurea blijft dicht bij haar moeder; ze is vastbesloten haar niet uit het oog te verliezen. De mannen volgen de kudde op enige afstand. Af en toe verplaatsen ze zich wat naar links of naar rechts, waardoor de kudde van richting moet veranderen. Steeds sneller drijft Nikkel zijn merries vooruit; eerst in draf en daarna in galop.

Plotseling ziet Aurea iets vreemds voor zich op de vlakte. Een deel van de hei is afgescheiden door een soort houten omheining. Vlak voor de ingang komt de kudde tot stilstand. Aurea merkt dat Nikkel is geschrokken, want de schimmelhengst draait zich woedend om. Zijn ogen spuwen vuur en hij spert zijn neusgaten ver open. De mannen zijn al vlak achter hen.

'Pas op voor de hengst!' schreeuwt een van de mannen. 'Vorig jaar veroorzaakte hij veel problemen.'

Aan alle kanten is de kudde nu ingesloten. De merries en veulens dringen zich angstig tegen elkaar aan. Er is geen weg meer terug. Nikkel wordt bozer en bozer. Hij steigert en maait wild met zijn voorbenen.

Even doen de mannen een stap achteruit, maar daarna beginnen ze met hun armen te zwaaien en te schreeuwen. Dat is voldoende om de merries en de veulens op de vlucht te laten slaan. Ze draaien zich om en stormen door de opening de omheining binnen. Ook Darinde en Aurea vluchten naar voren. Nikkel probeert hen te volgen, maar vlak voor zijn neus valt het zware hek met een klap dicht. Hij is buitengesloten.

De mannen juichen en slaan elkaar op de schouders. 'Mooi. Dat is gelukt. Nu kunnen we tenminste werken zonder dat die hengst ons in de weg loopt,' zeggen ze tegen elkaar.

Aurea is steeds vlak bij haar moeder gebleven. Ze drukt zich nu zo dicht tegen Darinde aan, dat ze het wilde bonzen van haar moeders hart kan horen. Ze staan in de verste uithoek van de afgescheiden ruimte.

Nikkel draaft aan de buitenkant langs het hek, maar hij kan niets meer voor zijn kudde doen.

'Mama, wat gaat er gebeuren?' piept Aurea bang.

Darinde kijkt haar ernstig aan. 'Dit heet een kraal. Die gebruiken de mensen om ons te vangen. Dat doen ze elk jaar. Alle veulens krijgen dan een brandmerk, dus jij ook. Het doet even pijn, maar dat gaat wel weer over. Een brandmerk is een soort stempel. Daaraan kan iedereen zien van welk ras je bent. Die mannen schrijven ook op hoe je eruitziet, of je bijvoorbeeld een blesje of witte sokjes hebt, en ze geven je een officiële naam,' legt ze uit.

Dat klinkt helemaal niet zo erg, vindt Aurea. Ze heeft wel gezien dat alle paarden van de kudde zo'n stempel hebben. Maar waarom is iedereen dan zo bang? Waarom kijken de oudere merries zo verdrietig? Aurea kijkt haar moeder vragend aan.

Darinde zucht diep. Dan vertelt ze verder. 'De pony's worden ook gevangen omdat de kudde te groot wordt. Elk jaar worden er een paar jonge dieren uit de kudde gehaald. Ze gaan in die grote auto, die ze "vrachtwagen" noemen, en komen nooit meer terug. Je hebt nog twee broers, Aurea, ouder dan Anka en Alicia. Alcan en Arcus zijn twee jaar geleden gevangengenomen,' fluistert ze ongelukkig.

Aurea ziet dat de mannen over de hekken klimmen. Ze hebben dikke touwen bij zich.

'Eerst de veulens,' roept de man met de groene jas. 'Begin maar met die palomino.'

Vier van de zeven mannen beginnen in Aurea's richting te lopen. Aurea wordt bang en zet het op een lopen, maar ze komt niet verder dan het hoge hek.

Een van de vier, een grote kerel met een geruit hemd en een pet op, slaat een touw om haar hals. Hij geeft er een flinke ruk aan.

Aurea verliest haar evenwicht. Met een dreun slaat ze tegen de grond. Dat doet pijn! Toch probeert ze snel weer overeind te krabbelen. De man duwt haar hoofd en hals tegen de grond. Aurea worstelt, maar het lukt haar niet om hem van zich af te krijgen. Nog nooit in haar korte leven is ze zo bang geweest.

'Ik heb haar!' roept de man. Hij bekijkt Aurea uitgebreid. 'Mooi veulen! Sterk, groot en lange benen. Mooie kleur ook, een echte palomino. Die gaat over een paar jaar op de veiling een flinke som geld opleveren,' zegt hij tegen zijn maat, die met een ijzeren stok aan komt lopen.

'Ja, als je van die kleur houdt. Ik vind er niks aan,' zegt hij. 'Geef mij maar een bruine of een zwarte.' De man drukt de staaf tegen Aurea's bovenbeen.

Het blijkt het brandijzer te zijn; het is gloeiend heet. Aurea geeft een schreeuw van pijn. Ze trapt met haar benen wild om zich heen en probeert de man die haar tegen de grond gedrukt houdt, te bijten. Dat lukt niet.

De man lacht. 'Pittig ding. Lijkt op haar vader.' Hij laat haar nog niet los.

Een andere man komt naar haar toe met iets in zijn hand. 'Even haar aftekeningen noteren. Nou, die heeft ze niet. De kleur is palomino. De schimmel is haar vader. De moeder is toch die valkkleurige merrie? Daar hadden we twee jaar geleden die twee hengstjes van in de veiling. Die brachten allebei een goede prijs op, weet ik nog. O, nog een naam. Eens even denken.' De man trekt een frons in zijn voorhoofd. 'Boshoeves Zonnestraaltje. Dat past wel bij haar. Nou, ik ben klaar. Laat haar maar los.'

De man met de pet laat haar gaan. Aurea springt overeind en vliegt weg, terug naar haar moeder. Haar been doet pijn en de geur van geschroeid haar dringt in haar neus. Ze huivert.

Darinde vangt haar op. Ze wrijft met haar neus zacht over de hals en rug van haar dochter. 'De pijn duurt niet lang. Over een paar dagen is het weg,' troost ze. Daarna draait ze zich weer om naar Anka en Alicia en fluistert zacht tegen hen. Ook bij hen wrijft ze met haar neus over hun huid.

Aurea ziet dat haar zussen bang zijn. Ze maken zich natuurlijk zorgen over welke pony's zullen verdwijnen. Aurea kijkt om zich heen. Ze kent alle pony's in de kudde. Allemaal zijn ze lief voor haar geweest. Ze wil niemand missen! Met angst in haar hart wacht ze af wat de nacht zal brengen.

3

Nikkel vertelt zijn verhaal

Alle veulens krijgen een brandmerk. Als dat klaar is, roept de man met de groene jas zijn mannen bij elkaar.

'Die zwarte merrie, die bruine daar en die andere bruine en als laatste die vos.' Druk gebarend met zijn armen legt hij zijn mannen uit welke paarden ze moeten vangen.

Aurea schrikt. De man heeft naar haar zus Anka gewezen!

In de kraal is een hok gemaakt en daar moeten de aangewezen paarden in. Het hok is vierkant en afgezet met dikke balken. Het ziet er heel stevig uit.

Het vangen gaat niet gemakkelijk. De pony's rennen angstig door elkaar heen. Als de mannen Anka proberen te vangen, verzet ze zich enorm. Eerst maakt ze zich zo klein mogelijk. Als dat niet blijkt te werken, slaat ze wild om zich heen.

'Zo... Een heftige tante,' bromt de man met de pet.

De stevige zwarte merrie is snel, maar uiteindelijk niet snel genoeg. Ze sluiten Anka op in het hok, samen met drie andere paarden. Haar gitzwarte huid glinstert van het zweet. Druppels vallen op de grond. Haar flanken gaan snel op en neer en ze staat te trillen op haar benen.

Het grote hek van de kraal gaat open. De rest van de kudde stormt naar buiten en voegt zich bij hun leider. Toch gaan ze niet weg. Ze willen de vier niet in de steek laten en blijven onrustig in de buurt van de kraal rondlopen. Het viertal in het hok hinnikt onafgebroken. Een schel geluid; ze roepen om hulp.

Waarom doet niemand wat? vraagt Aurea zich af. Ze wil haar zus helpen, haar bevrijden, en loopt op het hok af.

Nikkel houdt haar tegen en dirigeert haar terug naar haar moeder. Hulpeloos moet ze toekijken hoe de jonge pony's aan de andere kant het hok uit worden gejaagd. Via een met hekken afgezette route komen ze bij de vrachtwagen. De klep is omlaag. Het angstige viertal komt even tot stilstand, maar de mannen drijven hen voort, de klep op.

Als ze alle vier in de vrachtwagen zijn, gooien de mannen de klep met een doffe dreun dicht. Even is het doodstil. Dan hoort Aurea de jonge pony's angstig hinniken. Ze trappen tegen de wanden. Ze willen eruit!

'Rijden maar!' roept een van de mannen.

De vrachtwagen wordt gestart en rijdt weg. Het zware geronk van de motor en de geluiden van de angstige pony's sterven langzaam weg.

Nikkel en zijn merries kijken de vrachtwagen na. Nikkel geeft een woedende schreeuw. Dan draait hij zich om en loopt naar het bos, weg van de kraal. De merries volgen langzaam. Darinde laat haar hoofd treurig hangen. Aurea weet niet wat ze tegen haar moet zeggen om haar te troosten.

Als de volgende ochtend de zon opkomt, loopt de kudde

weer op de vlakte. Darinde ziet er erg verdrietig uit en ook de andere merries die een kind moeten missen, lopen treurig rond.

Aurea weet niet zo goed wat ze voelt. Ze is verdrietig, maar daarnaast voelt ze een grote woede. Het is niet eerlijk!

De zomer houdt lang aan. Tot ver in het najaar blijft het mooi weer. Nog altijd komt de man regelmatig kijken. Aurea weet nu dat hij de boswachter is en ze vindt hem niet grappig meer. Als ze hem ziet aankomen, kruipt ze zo ver mogelijk weg. Het verdriet slijt, maar de angst en woede kan Aurea niet van zich af zetten. Ze mist Anka zo!

Aurea heeft heel veel vragen, maar ze durft haar moeder er niet mee lastig te vallen. Darinde ziet er zo ongelukkig uit. Op een avond lopen Darinde en Aurea zwijgend naast elkaar op weg naar een plaats om te overnachten. Diep in gedachten verzonken struikelt Aurea bijna over een grote steen.

Darinde geeft haar met haar neus een zacht duwtje. 'Dromertje, waar denk je toch aan?'

Aurea kijkt haar moeder aan. Dan komt het hoge woord eruit. 'Mam, waar is Anka nu? Waar heeft de vrachtwagen haar naartoe gebracht? Wat gaat er met haar gebeuren? En kan dat ook met mij gebeuren? Waarom heeft de vrachtwagen jou nooit meegenomen?' Alle vragen waarover Aurea de laatste tijd heeft gepiekerd, vuurt ze op haar moeder af.

Darinde laat haar hoofd hangen. 'Ik weet het niet, Aurea. Ik weet niet waar Anka nu is en wat er met haar gaat gebeuren. Ik weet ook niet waarom ze mij nooit hebben meegenomen.

Die vragen kun je beter aan je vader stellen; hij is namelijk wel met de vrachtwagen mee geweest,' vertelt Darinde.

Aurea kijkt haar verbaasd aan. Ze dacht dat haar vader zijn hele leven al op de vlakte woonde. Dat hij zelf ooit met de vrachtwagen is weggevoerd, is nieuw voor haar. Als ze op de slaapplaats zijn aangekomen, besluit Aurea hem er direct naar te vragen en ze zoekt de schimmelhengst op.

Nikkel kijkt op als hij zijn dochter ziet aankomen. 'Moet jij nog niet slapen?' zegt hij, als Aurea voor hem staat.

Aurea schudt haar hoofd. Haar gouden manen wapperen in het maanlicht. 'Nee pap, ik wil je iets vragen. Heb je even tijd voor mij?' Als het naar haar zin net iets te lang stil blijft, voegt ze er ongeduldig aan toe: 'Het is belangrijk.'

In de loop van de zomer is Aurea vaker bij Nikkel geweest met vragen. Ze denkt na over zaken waar andere veulens zich blijkbaar niet mee bezighouden, want alleen Nikkel heeft vaak de antwoorden.

Nikkel fronst. 'Zeg het eens, wat is er voor jou zo belangrijk dat het niet tot morgen kan wachten?'

'Ik wil weten waar de vrachtwagen de pony's naartoe brengt en wat er met hen gebeurt. Mama vertelde dat jij ook met de vrachtwagen mee bent geweest.' Aurea houdt haar adem in, gespannen voor wat er gaat komen.

Nikkel kijkt haar peinzend aan. 'Ja, dat klopt. Ik ben ook met de vrachtwagen weggevoerd. We waren met drie hengsten. Ik kan je vertellen wat er met mij is gebeurd, maar waar de andere twee zijn terechtgekomen, weet ik niet.' Na een korte stilte vertelt Nikkel verder: 'Ik was twee jaar toen ze mij uit de kudde haalden. Samen met de twee andere hengsten kwam ik terecht op een veiling. Daar worden paarden en pony's verkocht. Een man kocht mij en nog vier andere hengsten. We werden ondergebracht in een grote groepsstal. De mensen deden ons halsters om. Dat zijn reepjes leer die met ringen aan elkaar zitten. Die doen ze om je hoofd zodat ze je gemakkelijk vast kunnen pakken. Er kwam een man die ons overal betastte en in onze monden keek. Een andere man pakte onze voeten op en bekapte onze hoeven. Ook werd onze huid schoongemaakt. Daarna moesten we leren om netjes mee te lopen met een mens, in stap en in draf. Daarvoor deden ze een touw aan het halster. We kregen goed te eten. De mensen waren meestal wel vriendelijk,' vertelt Nikkel.

Hij denkt even na en vervolgt daarna zijn verhaal. 'Op een dag werden we opgehaald. De mensen maakten vlechtjes in onze manen en we werden gewassen. Vervolgens moesten we weer in een vrachtwagen. Daarin stonden ook oudere hengsten. Zij vertelden ons dat we naar een keuring gingen. Daar moet je zo mooi mogelijk lopen aan een touw. Als je geluk hebt, word je dan goedgekeurd. Ik heb op die keuring erg mijn best gedaan. De mensen die me beoordeelden, vonden dat blijkbaar ook. Ik werd niet alleen goedgekeurd, maar ook uitgeroepen tot kampioen.' Heel even lijkt Nikkel weg te dromen bij de herinnering.

Maar Aurea wil meer horen en stoot hem ongeduldig aan.

Nikkel kijkt haar aan en hinnikt even. 'Op de keuring werd ik opnieuw verkocht. Mijn nieuwe baas nam me mee naar zijn huis. Het was een rustige man, die me de tijd gaf om aan mijn nieuwe stal te wennen. Toen ik eenmaal gewend was, ging de dochter van mijn baas op mijn rug zitten. In het begin vond ik dat niet zo leuk, maar het meisje was heel lief. Ze nam de tijd om me allerlei dingen te leren en we hadden samen veel plezier. In de jaren daarna had ik een goed leven. In de zomermaanden dekte ik de merries en in de wintermaanden deden we aan springwedstrijden mee. Bij een springwedstrijd gaat het erom welke ruiter met zijn pony het beste over hindernissen kan springen.'

Dat klinkt allemaal nog niet zo slecht, vindt Aurea. Toch is één ding haar nog niet duidelijk. 'Hoe ben je dan weer teruggekomen op de vlakte?' vraagt ze.

De ogen van Nikkel worden donker. 'Dat was eigenlijk een geluk bij een ongeluk. Na een paar jaar was de dochter van mijn baas te groot geworden voor mij en werd ik opnieuw verkocht. Mijn nieuwe baas was een heel ander soort mens. Hij was gemeen en zorgde niet goed voor zijn pony's. Ik kreeg een ontsteking in mijn voet en liep lang kreupel. De dierenarts kwam veel te laat en zei dat hij niet veel meer voor me kon doen. Mijn baas besloot dat ik niets meer waard was. Hij bracht me naar het slachthuis. Daar maken ze dieren dood, weet je,' zegt Nikkel zacht.

Aurea schrikt ervan. 'Maar, maar...' stamelt ze.

Nikkel kijkt haar liefdevol aan. 'Het liep natuurlijk goed af, anders had ik hier niet gestaan. Ik stond op het slachthuis en daar herkende iemand me als de hengst die ooit kampioen was geweest. Hij heeft me meegenomen en verzorgd. De voet genas uiteindelijk, maar voor springen was ik niet meer geschikt. Mijn nieuwe eigenaar besloot me terug te brengen naar de vlakte, zodat ik voor veulens kon zorgen. Zo ben ik hier teruggekomen,' legt Nikkel uit. Het is intussen al behoorlijk laat geworden en de hengst stuurt Aurea terug naar haar moeder om te gaan slapen.

Maar als alle pony's al slapen, ligt Aurea nog wakker. Het verhaal van Nikkel heeft haar niet gerustgesteld.

4

Twee broers

Het is echt herfst. In het bos zijn de bladeren langzaam geel, oranje, rood en bruin van kleur geworden. Het wordt steeds kouder, de dagen worden korter en het regent vaker. Dat heeft ook zijn voordelen. De kudde blijft langer op de vlakte, want er zijn veel minder muggen en vliegen. Om zich te weren tegen de komende koude dagen, krijgen de pony's een dikkere vacht.

Dan vallen de blaadjes van de bomen en wordt het winter. Als er een dik pak sneeuw valt, moeten de dieren met hun hoeven de sneeuw wegkrabben, op zoek naar voedsel. Hun warme adem vormt wolkjes stoom. De kudde blijft veel in het bos. Op de vlakte is het door gure wind ijskoud. De bomen bieden beschutting.

Het is zelfs zo koud dat de drinkpoel bevriest. Nikkel slaat elke dag met zijn hoef een wak in het ijs, zodat de paarden kunnen drinken. Dat kost steeds meer moeite, want het ijs wordt iedere dag dikker. Als er bijna geen eten meer te vinden is, komt de boswachter een lading hooi brengen. De smaak bevalt Aurea wel, al eet ze liever vers gras.

Aurea is flink gegroeid. Ze is groter dan haar leeftijdsgenoten.

Door haar dikke wintervacht heeft ze geen last van de kou en ze vindt het heerlijk om in de sneeuw te rollen.

In het voorjaar verdwijnen de sneeuw en het ijs. Er groeit nieuw gras en de zon schijnt. Aurea's dikke winterhaar valt uit. Dat kriebelt enorm. De paarden schuren zich tegen bomen en krabben elkaar met hun tanden.

Op een dag loopt Darinde plots bij de kudde weg. Aurea raakt in paniek; waar gaat ze naartoe?

Als Aurea haar moeder achterna wil gaan, stelt Alicia haar gerust. 'We krijgen een zusje of een broertje,' vertelt ze. 'Vorig jaar liep mama ook zo weg. Ik was bang, net als jij. Toen vertelde Anka dat ze zou terugkomen met een broertje of een zusje. En dat klopte. Mama kwam terug met jou.'

Het was Aurea al opgevallen dat de buik van haar moeder steeds dikker werd, maar aan een broertje of zusje had ze niet gedacht. Ze vindt het wel een leuk idee. Ongeduldig houdt ze de hele dag de bosrand in de gaten.

Aan het eind van de middag staat Darinde plotseling weer op de vlakte. Ze heeft een piepklein bruin hengstveulen bij zich, dat zich achter zijn moeder verschuilt.

Nikkel begroet Darinde en haar nieuwe veulen, precies zoals hij deed toen Aurea bij de kudde kwam. Hij wrijft met zijn neus over Darindes hals en bewondert zijn zoon. Aurea ziet dat haar nieuwe broertje net zo bang is voor Nikkel als zij dat was. Ze moet erom lachen. Samen met Alicia loopt ze naar Darinde toe om hun nieuwe familielid te begroeten.

Darinde ziet er moe uit, maar ook blij. 'Ik heb hem Atos

genoemd,' zegt ze tegen haar dochters.

Atos kijkt zijn zussen nieuwsgierig aan. Aurea voelt zich direct met hem verbonden. Dit is haar broertje!

De hele zomer speelt Aurea met Alicia, Atos en de andere jonge pony's van de kudde. Aan het eind van het seizoen wordt de kudde opnieuw gevangen en gaan er weer een aantal jonge pony's met de vrachtwagen mee. Aurea had eigenlijk verwacht dat het de beurt zou zijn aan Alicia, maar de mannen laten haar gelukkig lopen.

De seizoenen gaan voorbij. Alicia, Aurea en Atos groeien alle drie uit tot mooie pony's. In de lente krijgt het drietal er opnieuw een broertje bij, Alfan. Dit veulen heeft dezelfde kleur als Darinde. Zijn huid is goudkleurig, zoals Aurea, maar zijn manen, staart en onderbenen zijn zwart. Dat noemen de mensen een valk, weet Nikkel haar te vertellen.

Aurea is inmiddels twee jaar. Haar maat begint nu echt op te vallen. Ze is al bijna net zo groot als Nikkel. De zomer is dit jaar extreem heet. Zelfs de jonge pony's houden zich overdag heel rustig. Alleen 's morgens vroeg en 's avonds hebben ze genoeg puf om te ravotten.

Op het heetst van de dag zijn de pony's bij de drinkpoel in het bos. In de schaduw van de bomen gaan de meeste pony's slapen.

Aurea denkt daar vaak aan het verhaal van Nikkel. Ze weet dat de kans bestaat dat zij dit jaar gevangen wordt. Anka was immers ook twee jaar. Ze durft er bijna niet aan te denken. Hoe zou het zijn? Wat zou er gebeuren? Het is natuurlijk niet zeker dat ze gevangen wordt. Alicia was vorig jaar twee en die hebben ze weer vrijgelaten. En haar moeder is ook nooit met de vrachtwagen weggevoerd. Steeds weer komen dit soort gedachten bij haar op.

Als aan het eind van de zomer de vrachtwagen en de auto's de vlakte op rijden, slaat de angst bij Aurea pas echt toe. Ze zoekt direct Darinde op. 'Daar zijn ze weer, mam,' fluistert ze. Ze probeert zich achter haar moeder te verschuilen, maar met haar stokmaat is dat onmogelijk.

Darinde heeft Alicia, Atos en Alfan al bij zich geroepen. Terwijl de mannen de kudde in de richting van de kraal drijven, blijven de vijf angstvallig bij elkaar. Aurea voelt haar hart bonken. Ze is zo bang dat ze zal worden weggevoerd. Weg van de vertrouwde kudde, een onzekere toekomst tegemoet.

Nikkel doet weer een verwoede poging om het de mannen zo moeilijk mogelijk te maken, maar hij is voor hen geen partij. Opnieuw weten ze het voor elkaar te krijgen dat de schimmelhengst buiten de kraal blijft. Dan worden de veulens gebrandmerkt.

Alfan is door Darinde voorbereid op wat er gaat gebeuren, maar toch verzet de valkkleurige hengst zich hevig. Het lukt hem zelfs de man die hem tegen de grond gedrukt hou, te bijten. Stiekem is Aurea trots op hem.

Als Alfan zich met zijn brandmerk weer bij hen voegt, wendt Darinde zich tot haar oudste drie. 'Het kan zijn dat dit de laatste keer is dat we elkaar zien. Als je straks in de vrachtwagen gaat, weet dan dat ik van jullie hou. Vergeet nooit waar je vandaan komt. Je bent een pony van de vlakte. Wees daar trots op,' zegt ze zachtjes tegen haar kinderen. Ze wrijft met haar neus over de hals van Atos en Alicia. Dan kijkt ze Aurea aan. 'Je bent een slimme meid. Denk na voor je iets doet. Probeer steeds een verstandige beslissing te nemen. Dan kom je altijd goed terecht.' Even legt ze haar hals over die van Aurea.

Dan komt het moment dat de man met de groene jas zijn helpers vertelt welke jonge pony's gevangen moeten worden. Aurea's hart klopt in haar keel. Ze spitst haar oren en probeert te horen of zij ook genoemd wordt. De boswachter kijkt in haar richting en Aurea ziet dat zijn lippen het woord 'palomino' vormen. Ze is de enige in de kudde met die kleur. Ze weet het zeker: ze gaan haar vangen!

Aurea wordt overvallen door paniek. Ik wil niet gevangen worden, denkt ze. Ik wil niet in de vrachtwagen; ik wil hier blijven. Bij mijn moeder, mijn zus en mijn broertjes. Ik wil op de vlakte blijven, flitst het door haar heen.

Als vier mannen in haar richting komen, zet Aurea het op een lopen. Ze denkt terug aan het moment dat ze het brandmerk kreeg. Toen vluchtte ze ook, maar kwam ze niet ver: niet verder dan het hek.

Daar is het hek al, hoog en stevig. De mannen zijn vlak achter haar. Als ze nu stopt, vangen ze haar. Ik moet de kraal uit zien te komen, denkt Aurea en dus stopt ze niet. Ze rent door, recht op het hek af.

Als ze er vlakbij is, beginnen de mannen achter haar te schreeuwen. 'Pas op! Die merrie gaat springen.'

En dat is precies wat er gebeurt. Aurea zet af en springt. Heel even zweeft ze boven het hek en heeft ze het gevoel dat ze vliegt. Ik ben vrij, denkt ze en haar hart juicht.

Dan raakt een van haar achterbenen beklemd tussen de hekken. Aurea valt en komt met een smak aan de andere kant van het hek op de grond terecht. Ze probeert snel op te krabbelen, maar haar been zit vast. De pijn is nauwelijks te verdragen. Toch worstelt ze om vrij te komen. Ze trekt en trekt, maar het lukt haar niet om haar been los te krijgen. Dan wordt het zwart voor haar ogen.

5

Een reis met de vrachtwagen

Als Aurea bijkomt, is haar been bevrijd. Om haar hoofd zit een halster met daaraan twee dikke touwen, die elk worden vastgehouden door een potige kerel. Een derde man doet zijn best om Nikkel op afstand te houden.

Aurea tilt haar hoofd op en krabbelt langzaam overeind. Haar rechterachterbeen doet enorm veel pijn. Ze kan er nauwelijks op staan, dus wegrennen gaat al helemaal niet. Ze laat haar hoofd zakken; ze geeft zich over.

De mannen trekken aan de touwen. Eerst biedt Aurea toch nog weerstand, maar de hevige pijn in haar been doet haar besluiten om mee te werken. De mannen voeren haar terug naar de ingang van de kraal. Aurea hinkt. Een man opent het hek en vlug wordt ze naar binnen geloodst. Achter Aurea valt het hek met een doffe klap dicht.

Aurea kijkt beduusd om zich heen. De pony's staan allemaal doodstil achter in de kraal en kijken haar met grote ogen aan. Aurea wordt het aparte hok in geduwd. De mannen maken de touwen los, maar het halster blijft om.

Aurea is niet alleen in het hok. In de tussentijd hebben de

andere mannen nog twee pony's gevangen. Tot haar schrik ziet ze dat haar broertje Atos erbij is. De derde pony is Tania, een kleine bruine merrie van twee jaar met een blesje. Tania doet altijd heel ondeugend, maar nu lijkt de moed haar in de schoenen te zijn gezonken.

Atos komt dicht bij zijn grote zus staan. Aurea drukt zich beschermend tegen hem aan. Ik mag hem niet laten merken hoe bang ik ben; hij is nog maar zo klein, denkt ze.

Atos kijkt met grote angstogen naar Aurea op. 'Wat gaat er nu gebeuren, Aurea? Moeten we in de vrachtwagen?'

'Ja, dat denk ik wel,' zegt ze zacht. 'Blijf maar dicht bij mij, dan kan je niets gebeuren,' probeert ze hem gerust te stellen.

Het hek van de kraal wordt geopend. De kudde rent de vrijheid tegemoet. Aurea ziet dat haar moeder erbij is met Alfan en Alicia. Nikkel galoppeert naar zijn kudde toe. Tania begint hard en schril te hinniken. Het geluid is hartverscheurend. Tania's moeder roept haar dochter toe dat ze dapper moet zijn.

Aurea voelt dat Atos beeft als een riet. Troostend strijkt ze met haar neus door zijn dikke zwarte manen. 'Je moet het zien als een avontuur. Misschien wordt het wel heel leuk,' zegt ze tegen hem, maar het klinkt niet erg overtuigend.

Het hek aan de achterkant van het kleine kamp zwaait open. Voordat de mannen de kans krijgen om de pony's het hok uit te jagen, hinkt Aurea naar voren. Ze kijkt om naar Atos en Tania en zegt: 'Kom, laten we de eer aan onszelf houden. We zijn dappere pony's van de vlakte. En daar zijn we trots op.' Met haar hoofd hoog stapt ze het hok uit.

Atos en Tania volgen haar en langzaam stapt het drietal

naar de vrachtwagen. Aurea's hart bonkt in haar oren, maar ze aarzelt geen moment. Ze heeft geprobeerd om het lot een andere wending te geven. Dat is niet gelukt, dus is het nu tijd om het lot te aanvaarden. Ondanks haar pijnlijke been loopt ze over de klep de vrachtwagen in. Atos en Tania zijn vlak achter haar. Dan slaat de klep dicht. De drie pony's kruipen dicht bij elkaar. Het is er aardedonker en het ruikt muf, naar stof en oud hooi. Als afscheid hinniken ze alle drie nog één keer naar de kudde.

Direct krijgen ze antwoord. Boven alles uit hoort Aurea de stem van haar vader: 'Aurea, ik ben trots op je!'

Met een hard gebulder slaat de motor aan en de vrachtwagen komt in beweging. Het hobbelt flink. Doordat Aurea maar op drie benen kan steunen, moet ze moeite doen om te blijven staan. Ze leunt tegen de wand. Door een spleetje tussen de planken kijkt ze naar buiten. In de verte ziet ze de kudde. De pony's worden steeds kleiner. Als de vrachtwagen een bocht maakt, verdwijnen ze uit het zicht. Waar brengen ze hen naartoe?

Eerst gaat het een tijdje over een hobbelige weg, maar dan draait de vrachtwagen een weg op die veel vlakker is. De pony's kunnen nu gemakkelijker staan. Aurea is er blij om, want haar been doet nog steeds veel pijn.

De reis duurt lang. Door het spleetje ziet Aurea dat het langzaam donker wordt. Ze schrikt steeds weer als felle lichtbundels uit de tegenovergestelde richting opdoemen. De lichtbundels maken brommende geluiden. Het zijn geen vrachtwagens, ze zijn kleiner: auto's.

Atos is moe. Hij staat nog steeds dicht tegen Aurea aan, maar lijkt niet meer zo bang. Af en toe vallen zijn ogen bijna dicht.

Tania staat helemaal achter in de vrachtwagen in een hoekje. Ze zucht af en toe diep, maar zegt niets.

Wat valt er ook te zeggen? denkt Aurea. Geen van hen weet wat hun te wachten staat.

Plotseling stopt de vrachtwagen. Ze rijden een stukje achteruit en dan wordt de motor uitgezet.

Stilte.

Aurea hoort iemand met grote, resolute passen naar de vrachtwagen lopen. Het grind knerpt onder zijn schoenen. Dan hoort ze het portier opengaan en iemand uit de cabine springen.

'Ha, John. Hoeveel pony's heb je bij je?' vraagt de man die komt aanlopen.

'Dag, Peter. Drie. Ze komen uit de Boshoevekudde. Twee tweejarige merries en een jaarling hengst,' antwoordt John.

Even is het stil.

Dan vraagt John aan Peter: 'Heb jij vier jaar geleden niet twee hengsten uit de Boshoevekudde gekocht op de veiling? Twee volle broers?'

'Ja,' zegt Peter. 'Dat was voor mij een topjaar. Ze zijn een jaar na elkaar op de hengstenkeuring voorgebracht en allebei werden ze kampioen.'

John lacht. 'Ik heb in de vrachtwagen een volle broer en een volle zus van die twee hengsten.'

Aurea weet niet wat ze hoort. Die mannen hebben het over Alcan en Arcus, de broers die ze nooit heeft gekend, maar over wie Darinde haar heeft verteld! Dan hoort ze de twee mannen dichterbij komen.

'Kom, dan laden we ze uit. Kun je ze bekijken,' zegt John.

De sloten van de klep knarsen, en piepend gaat de klep naar beneden. Atos is direct klaarwakker. Buiten is het nu helemaal donker, maar lampen op het erf zorgen voor voldoende licht. Aurea hinkt voorzichtig naar de klep. Atos volgt haar op de voet.

Als John ziet dat Aurea zelf aanstalten maakt om de vrachtwagen uit te stappen, duwt hij Peter wat achteruit. 'Pas op voor die merrie. We hebben vandaag al heel wat met haar meegemaakt. Ze sprong vanmiddag bij het vangen uit de kraal! Ja, echt waar. We hadden geluk dat ze vast kwam te zitten, want anders waren we haar mooi kwijt geweest.'

'Was dat met haar rechterachterbeen?' Peter wijst naar Aurea's been. 'Het is behoorlijk dik. Hopelijk zijn de pezen en het gewricht niet beschadigd. Dat zou zonde zijn.'

Aurea stapt voorzichtig naar beneden. Atos is vlak naast haar. Als ze halverwege de klep zijn, neemt de hengst een grote sprong. De mannen springen van schrik opzij. Aurea lacht zacht. Dan staan ze samen op de grond. De mannen zijn nog dichtbij en Atos en Aurea maken dat ze wegkomen. Pas als ze zo'n dertig meter van de vrachtwagen zijn, stoppen ze.

Aurea kijkt om zich heen. Ze staan in een kleine, afgezette wei. De achterkant van de vrachtwagen staat in de opening.

'Waar blijft Tania nou?' zegt Atos ongeduldig.

Aurea hinnikt naar haar. In de vrachtwagen hoort ze gestommel en dan komt de kleine bruine merrie in vliegende vaart de klep af gegaloppeerd. Ze rent door de wei en voegt zich bij Aurea en Atos.

De mannen praten nog even met elkaar, maar Aurea kan niet verstaan wat ze zeggen. John wijst op Aurea en Atos. Peter knikt. Dan hijst John zich weer in de cabine van de vrachtwagen, start de motor en rijdt weg. Peter doet het hek van de wei dicht. Hij kijkt nog een keer naar het drietal en daarna loopt hij weg in de richting van een gebouw, iets verderop.

6

Sterrenhoeves Emilia

Kort nadat Peter het gebouw is binnengegaan, gaat de verlichting op het terrein uit. Gelukkig is het een heldere nacht: de maan is bijna vol. Daardoor is het toch nog best licht. Atos neemt een hap van het gras en Tania gaat op verkenning; ze loopt naar de verste uithoek van de kleine wei.

Aurea besluit haar voorbeeld te volgen, maar loopt in tegenovergestelde richting. Al snel komt ze bij de houten omheining. Die ziet er stevig uit, maar hij is minder hoog dan die van de kraal. Toch is Aurea niet van plan om nog eens een sprong te wagen. Voor geen goud laat ze Atos hier alleen achter. Bovendien heeft ze geen idee hoe ze thuis zou moeten komen.

Ze kijkt even achterom naar Atos. Die loopt rustig te grazen, alsof er niets aan de hand is. Als ze weer voor zich kijkt, staat ze tot haar schrik oog in oog met een pony, die haar over het hek nieuwsgierig opneemt. Het is een kleine voskleurige merrie. Als Aurea haar wat beter bekijkt, ziet ze dat het een al wat oudere pony is. Haar hoofd is een beetje grijs en haar rug wat doorgezakt. Maar haar vriendelijke ogen staan helder.

‘Dag nieuwkomer, ik heet Sterrenhoeves Emilia,’ zegt de pony.

‘Dag, Emilia. Ik ben Aurea. We zijn hiernaartoe gebracht met de vrachtwagen. De andere pony’s zijn mijn broertje Atos en mijn vriendin Tania,’ stelt Aurea zichzelf en de andere paarden voor.

‘Ik zag jullie aankomen. Aan jullie reactie op de mensen te zien, hebben jullie tot nu toe in vrijheid geleefd. Van welke kudde zijn jullie?’ vraagt Emilia.

‘Welke kudde? Er is toch maar één kudde?’ vraagt Aurea verbaasd.

Emilia begint zachtjes te lachen. ‘Welnee! Er zijn misschien wel vijftig kuddes. Er wonen in het totale gebied meer dan drieduizend pony’s.’

Dat wist Aurea niet en ze voelt zich een beetje dom.

Emilia lijkt haar verwarring te zien. ‘Geeft niets hoor, dat je dat niet wist. Heel veel pony’s die hier worden gebracht, weten het niet. Ken je misschien je officiële naam? Het eerste deel daarvan is namelijk de naam van de kudde waar je bij hoort. Die van mij is Sterrenhoeve.’

Aurea denkt diep na. Wat was het ook alweer? Wat zei die man toch, toen ze net het brandmerk had gekregen? Opeens weet ze het weer: ‘Boshoeves Zonnestraaltje. Boshoeve dus!’ roept ze blij.

Nu is het Emilia’s beurt om diep na te denken. ‘Ja,’ zegt ze peinzend. ‘Boshoeve, dat komt me wel bekend voor. Maar waarvan ook alweer? O ja, natuurlijk, van Alcan en Arcus! Dat zijn twee hengsten die ook allebei uit de Boshoevekudde komen. Maar die heb jij nooit gekend, want het is al vier jaar geleden dat Peter hen op de veiling kocht. Misschien heb je wel eens van hen gehoord?'

Aurea knikt heftig. 'Jazeker. Het zijn mijn broers! Mijn moeder heeft me over hen verteld. Zijn ze hier? Kan ik ze zien? Gaat het goed met ze?' vraagt ze opgewonden.

'Zijn dat je broers?' vraagt Emilia verbaasd. 'Dat is toevallig! Ja, het gaat prima met ze. Het zijn leuke knapen. Ze zijn een jaar na elkaar kampioen geworden op de hengstenkeuring. Peter is heel trots op ze. Afgelopen zomer hebben ze hier de merries gedekt. Een paar weken geleden zijn ze naar een andere stal verhuisd. Daar worden ze bereden door de kleindochter van Peter, Anna. Dat is een heel lief meisje en ze schijnt goed te kunnen rijden. Met Alcan en Arcus heeft ze in de springsport al heel wat prijzen gewonnen,' vertelt Emilia.

'O, dus ze zijn niet hier,' zegt Aurea teleurgesteld.

'Nee. Volgend voorjaar komen ze pas weer terug,' antwoordt Emilia. Troostend voegt ze eraan toe: 'Je broers hadden het niet beter kunnen treffen. Peter is de beste baas die je kunt krijgen. Ik ben hier al meer dan twintig jaar. Peter kocht mij toen ik één jaar was op de veiling. Ik heb het hier altijd heerlijk gehad. Eerst reed Peters dochter Vicky, de moeder van Anna, wedstrijden met mij. Daarna kreeg ik een paar veulentjes. Niet zo veel, want Peter heeft één probleem: hij kan geen pony verkopen. Alle pony's die hier op de boerderij worden geboren of door Peter op de veiling worden gekocht, blijven bij hem tot het einde. Dat geldt ook voor Alcan en Arcus. Als ze te oud worden voor de springsport, krijgen ze elk een eigen kudde en worden ze weer vrijgelaten.'

Aurea is blij om te horen dat haar broers goed terecht zijn gekomen. Kon ze dat maar aan haar vader en moeder vertellen! De gedachte aan Nikkel en Darinde bezorgt Aurea een steek van verdriet. Om maar niet aan hen te hoeven denken, begint ze snel over iets anders. 'Je zei net dat je ook op de veiling bent geweest. Ik hoor steeds maar over een veiling, maar ik weet eigenlijk helemaal niet goed wat dat is. Gaan wij daar ook naartoe? Zijn we daarvoor hiernaartoe gebracht? Is die veiling hier?' vraagt ze verlegen.

'Nee, de veiling is niet hier. De boerderij van Peter is alleen maar een verzamelplaats voor pony's uit de kuddes die aan de rand van het gebied leven. Van hieruit worden jullie over een paar dagen naar de veiling gebracht. Afgelopen dagen zijn er al heel wat pony's afgeleverd en er komen er nog meer. De boerderij van Peter is geschikt voor het verzamelen doordat het zo dicht bij het veilingterrein is.' Emilia gaat er eens gemakkelijk voor staan. 'Op de dag van de veiling worden jullie allemaal in vrachtwagens geladen. Het is maar een kort ritje. Het veilingterrein is al heel oud en speciaal gemaakt voor het veilen van vee dat in vrijheid is opgegroeid. De pony's worden op de speciale losplaats in groepjes uit de vrachtwagens gelaten. Van daaruit worden ze via gangen door een paar mensen naar grote openluchtstallen gedreven. Daar moet je een tijdje wachten. Als je aan de beurt bent, doen ze de deur van de stal open. Je mag zelf, via weer andere gangen, naar de veilingring lopen. Eén man loopt achter je aan om ervoor te zorgen dat je niet te lang treuzelt. De veilingring is een kleine ronde kraal. Eromheen, achter hoge hekken, zitten mensen op een tribune. De veilingmeester zit bovenin, zodat hij iedereen kan zien. Eerst vertelt hij iets over de pony die in de ring staat. Dan mag iedereen die de pony wil hebben, bieden. Daarvoor steken ze een nummertje omhoog. Als niemand meer zijn nummertje omhoogsteekt, slaat de veilingmeester met een hamer op de tafel. Degene die het laatst zijn nummertje omhoog heeft gestoken, is je nieuwe baas,' vertelt Emilia.

Aurea luistert geïnteresseerd naar Emilia's verhaal. Nu ze weet wat ze kan verwachten, ziet ze er iets minder tegen op. 'En wat gebeurt er daarna?' vraagt ze.

'Dan word je de ring weer uit gelaten en brengen ze je naar een ander hok. Na afloop van de veiling ga je naar de laadplaats en word je met een vrachtwagen of een trailer naar je nieuwe stal gebracht,' besluit Emilia.

'En dan maar afwachten wat voor een mens je nieuwe baas is,' zegt Aurea zacht. 'Ik heb van mijn vader gehoord dat je goede en slechte mensen hebt. Stel je voor dat ik een slechte baas tref...' Aurea denkt terug aan de avond dat Nikkel zijn verhaal aan haar vertelde.

Emilia knikt. Dan zegt ze opbeurend: 'Ach, je hebt meer goede mensen dan slechte. Bovendien heb jij een grote kans dat je een goede baas treft. Ik zal je een geheim verklappen. Waar je terechtkomt, hangt voor een groot deel af van je familie. Jij hebt twee broers én een vader die kampioen op de hengstenkeuring zijn geweest. Dat maakt jou een interessante pony. Als je op de veiling laat zien dat je bovendien heel mooi kunt lopen, kan het bijna niet misgaan,' vertrouwt Emilia haar toe.

'Echt? Dus de kans dat ik goed terechtkom, is groter omdat mijn broers en mijn vader kampioen zijn geweest?'

'Jazeker,' zegt Emilia. 'En dat je broers zo goed kunnen springen, helpt ook. Maar je moet zelf ook iets laten zien in die veilingring. De mensen zien graag een mooie pony met ruime bewegingen. Dat houdt in dat je door de ring moet draven en zo groot mogelijke passen moet maken. Dat kun je toch wel?'

Aurea's gezicht betrekt. 'Ik heb me vanmiddag bezeerd. Bij het vangen ben ik over het hek van de kraal gesprongen. Tenminste, dat heb ik geprobeerd. Maar mijn been raakte bekneld tussen de balken. Toen ben ik gevallen.' Aurea schaamt zich nu een beetje voor haar mislukte ontsnappingspoging.

'O, vandaar het halster,' roept Emilia uit. 'Ik vroeg me al af hoe je daaraan kwam. Jee, wat dapper. Dat je dat durfde!' zegt ze onder de indruk.

Verlegen kijkt Aurea naar de grond. 'Ach, ik was gewoon bang,' zegt ze, maar in haar hart is ze blij met de bewonderende blikken van Emilia.

Emilia kijkt bezorgd naar het dikke been van Aurea. 'Dat ziet er niet zo goed uit. Kun je er wel op staan? Doet het erg veel pijn?'

Aurea laat haar volle gewicht voorzichtig op haar geblesseerde been rusten. 'Het gaat wel. Maar ik weet niet of ik ermee kan draven.'

'Het beste wat je kunt doen, is in beweging blijven. Rustig

stappen, om je been weer dunner te laten worden. En niet te lang achter elkaar stilstaan, want dan word je stijf,' adviseert Emilia.

Aurea knikt. Ze begint meteen in een rustig tempo een rondje door de wei te stappen, nagekeken door Emilia. Atos voegt zich bij haar en stapt met haar mee, terwijl Aurea hem vertelt wat ze allemaal van Emilia heeft gehoord.

7

Een appel voor Atos

De volgende ochtend kijkt Aurea eens goed om zich heen. Nu het licht is, ziet ze pas dat er behalve het weitje waarin zijzelf loopt en dat van Emilia, nog een aantal andere kleine weitjes zijn. In sommige ervan lopen pony's. Alle weitjes grenzen aan het erf.

Emilia loopt naar Aurea toe en legt uit wat er om hen heen te zien is.

Even verderop staat het huis van Peter. Het is een laag wit gebouw met een veranda en een rieten dak. Voor de ramen hangen rood-witgeblokte gordijnen. Aan de voorkant groeit klimop, bijna tot aan de rand van het dak. Naast het huis staan bakken vol felgekleurde bloemen.

Aan de andere kant van het erf staat een grote loods met daarin een trekker en een trailer. Naast de loods is de stal. De pony's van Peter lopen bijna altijd buiten en de stal wordt alleen gebruikt als het lang achter elkaar regent. Daar hebben pony's een hekel aan. Als het stevig vriest, zet Peter ze ook 's nachts op stal.

'Dat is eigenlijk niet echt nodig, maar Peter vindt het een prettig idee dat zijn pony's in een warme stal op een dikke laag stro kunnen slapen,' vertelt Emilia aan Aurea.

Aan het eind van de ochtend draait de vrachtwagen van John opnieuw het erf op. Aurea schrikt. Even denkt ze dat ze worden opgehaald voor de veiling, maar dan blijkt dat John alleen pony's komt brengen.

Samen met Tania en Atos loopt Aurea naar de omheining. Emilia voegt zich aan de andere kant bij hen.

De vrachtwagen wordt gekeerd en achteruit in de opening van een van de weitjes gemanoeuvreerd. Peter komt aanlopen en John stapt uit. Samen doen ze de klep naar beneden. Na wat gestommel rennen er vijf pony's uit de wagen. Ze lijken jong en zien er net zo angstig uit als Aurea zich gisteravond voelde.

John stapt weer in de cabine en rijdt weg. Peter doet snel het hek dicht. Dat is niet echt nodig, want de pony's staan op een kluitje achter in de wei.

Peter kijkt even over het hek naar de nieuwelingen. Dan draait hij zich om en loopt naar het weitje van Emilia. Als hij aan het hek staat, roept hij vriendelijk: 'Emilia, kom eens, meisje.'

Emilia reageert direct. Op haar wat stramme benen draaft ze naar het hek.

Aurea ziet dat Peter de oude merrie over haar hoofd aait. Hij praat zacht tegen haar. Dan haalt hij iets uit zijn zak. Het is een appel. Emilia neemt een grote hap en wrijft haar neus tegen Peter aan. Peter kriebelt haar achter haar oor.

Aurea kijkt nieuwsgierig toe.

Pas na een tijdje ziet ze dat Atos naar de hoek van de wei is gelopen. Aurea schrikt. Hij staat nu vreselijk dicht bij Peter en Emilia. Voorzichtig loopt Peter naar Atos toe. Eerst doet Aurea's broertje een stap achteruit, maar uiteindelijk lijkt zijn nieuwsgierigheid het te winnen. Hij blijft stilstaan terwijl Peter langzaam dichterbij komt. Zijn oren zijn naar voren gespitst. Peter heeft nog een stuk appel en steekt dat Atos toe. Atos strekt zijn hals om aan de appel te ruiken. Voorzichtig knabbelt hij eraan.

Als hij een klein hapje heeft genomen, trekt Peter de appel onder zijn neus vandaan. Atos kan alleen nog een hap nemen als hij dichterbij komt. Hij lijkt te twijfelen.

Aurea heeft verstijfd toegekeken, maar nu begint ze luid te hinniken. 'Je kunt mensen niet vertrouwen. Ga daar weg,' roept ze angstig.

Maar Atos blijft gewoon staan. Hij lijkt alleen oog te hebben voor de appel, waarvan hij nog maar een piepklein hapje heeft geproefd. Hij doet een stap naar Peter toe en rekt opnieuw zijn hals zo ver mogelijk. Hij kan er net niet bij!

Peter praat vriendelijk tegen hem. 'Kom maar, jochie. Wees maar niet bang. Kijk eens wat een lekker appeltje. Kom maar,' zegt hij tegen Atos om hem over te halen nog een stap naar voren te komen.

Dan zet Atos plotseling een grote pas naar voren en grist de appel uit Peters hand. Vliegensvlug draait hij zich om en rent weg.

Eerst schrikt Peter, maar dan begint hij te lachen. 'Brutale aap,' roept hij Atos achterna, maar hij lijkt niet boos. Dan draait hij zich om en loopt terug naar het huis.

Aurea rent naar haar broer toe. 'Dat was heel dom!' snauwt ze tegen hem.

Atos lijkt niet onder de indruk. 'Waarom? Peter is aardig en de appel smaakt goed. Zag je niet dat ik hem te slim af was?' zegt hij trots.

Aurea gelooft haar oren niet. 'Denk je dat nu echt? Straks piep je wel anders. Mensen zijn niet te vertrouwen.'

'Ach,' zegt Atos onverschillig. 'Ik denk dat Peter tot de goede mensen behoort. En we zullen toch aan mensen moeten wennen. We krijgen straks veel met hen te maken.'

Met de schrik nog in haar benen draait Aurea zich om en begint aan haar zoveelste rondje door de wei.

Emilia's advies om rustig te stappen en niet te lang achter elkaar stil te staan, is een gouden tip gebleken. Elke keer als Aurea een rondje loopt, is ze eerst wel een beetje stijf, maar als ze op de helft is, wordt het minder. En het doet bijna geen pijn meer. Haar been is ook iets dunner geworden, maar nog wel zichtbaar dikker dan de andere benen.

Terwijl ze rondstapt, denkt ze na over wat Atos zei. Aurea weet wel dat hij gelijk heeft, maar elke keer als ze een mens ziet, verstijft ze van angst. Steeds denkt ze aan het verhaal van Nikkel en de slechte baas die hij trof. Ze zucht diep. Misschien moet ze, net als Atos, zelf toenadering tot mensen zoeken. Maar dat idee verwerpt ze direct weer. Alleen de gedachte al bezorgt haar kippenvel.

In de dagen daarna worden nog meer pony's naar de boerderij van Peter gebracht. Bijna alle weitjes zijn nu bezet. In totaal lopen er zo'n twintig pony's. Allemaal zijn ze één of twee jaar oud.

Peter komt vaak bij de pony's kijken. Meestal bezoekt hij ook even het weitje waarin Aurea, Atos en Tania lopen en altijd heeft hij dan een appel bij zich. Atos weet dat inmiddels en loopt snel naar het hek zodra hij Peter ziet aankomen. Hij houdt de afstand tussen hem en Peter zo groot mogelijk, maar blijft wel rustig staan als Peter hem de appel aanbiedt.

Na een paar dagen gaat Tania naast Atos staan als Peter met zijn appel naar het hek loopt. Ook zij krijgt een stuk appel. Terwijl Atos en Tania van de appel snoepen, blijft Aurea achter in het weitje staan. Ze piekert er niet over om naar het hek te lopen, ook al proberen Atos en Tania haar over te halen.

'Kom nou een hapje proeven, Aurea. Het is heel lekker en echt niet eng,' roept Tania.

Maar Aurea durft niet. Je weet het maar nooit met zo'n mens, denkt ze. Bovendien heeft ze een halster om. Stel je voor dat Peter probeert om haar daaraan vast te pakken!

Dan is het zover: de dag van de veiling. 's Morgens vroeg draaien twee vrachtwagens het erf op.

Emilia roept Aurea bij zich. 'Dit is de grote dag. Vandaag gaan jullie naar de veiling. Denk aan wat ik je heb gezegd. Laat je van je beste kant zien in de veilingring. Dan komt het heus allemaal goed.'

Aurea knikt. Ze is verdrietig omdat ze alweer afscheid moet nemen van haar nieuwe vriendin. Nu het moment daar is, ziet ze als een berg op tegen de veiling. Ze is bang dat ze het niet goed zal doen in de veilingring. Treurig kijkt ze Emilia aan.

'Kop op!' zegt de oudere pony. 'Hé, jij bent toch die pony die een sprong waagde over het hek van de kraal? Jij bent Aurea van de Boshoevekudde. Wees trots op jezelf en hou je hoofd hoog.'

Het zijn precies de woorden die haar moeder tegen Aurea zei in de kraal. Opeens begint er binnen in Aurea iets te gloeien. Haar hoofd gaat omhoog, haar hart begint sneller te slaan en haar ogen staan weer helder. 'Ja, ik ben Aurea van de Boshoevekudde en daar ben ik trots op,' zegt ze hardop.

Emilia glimlacht.

Intussen heeft Peter het hek van de wei opengemaakt en wordt een van de vrachtwagens met de achterkant in de opening gezet. De chauffeur stapt uit en doet samen met Peter de klep open.

Aurea hoort dat Peter tegen de chauffeur zegt: 'Alleen de twee merries moeten mee. De jaarling hengst heb ik gekocht. Het is een volle broer van mijn twee kampioenshengsten. En het is een lekker brutaal ding. Daar hou ik wel van. De palomino is een volle zus. Die had ik ook wel willen hebben, maar dat dikke been bevalt me niks. Bovendien denk ik dat het niet gemakkelijk zal worden om haar vertrouwen te winnen. Ze blijft steeds op afstand.'

Aurea raakt in paniek. Atos blijft hier! Atos gaat niet mee naar de veiling! Angstig kijkt ze Emilia aan.

'Wees blij!' zegt Emilia. 'Dat betekent dat Atos in elk geval een goede baas heeft. Daar hoef jij je nu geen zorgen meer om te maken. En de kans dat jij en Atos op de veiling aan dezelfde koper zouden zijn verkocht, was maar heel klein. Jullie waren dan toch van elkaar gescheiden.'

Emilia heeft gelijk, dat ziet Aurea ook wel in. Atos heeft hier zeker een goed tehuis. Had zij ook maar wat meer haar best gedaan om vriendschap te sluiten met Peter. Dan had zij misschien ook mogen blijven. Maar daarvoor is het nu te laat. Ze loopt op Atos af, die het gesprek tussen Peter en de chauffeur ook gevolgd heeft.

Hij is opgewonden. 'Aurea, ik mag hier blijven. Is dat geen geweldig nieuws,' roept hij enthousiast.

'Ja, dat is heerlijk voor jou. Maar het betekent ook dat onze wegen zich hier scheiden,' zegt Aurea zacht. Daar had Atos in zijn enthousiasme blijkbaar nog niet aan gedacht, want Aurea ziet dat hij schrikt. 'Het is niet erg,' verzekert ze hem. 'We zouden elkaar anders toch wel zijn kwijtgeraakt. Ik ben blij dat ik je hier kan achterlaten. Je wordt vast heel gelukkig. En Emilia zal wel een beetje op je passen,' voegt ze eraan toe.

Atos kijkt bedrukt. 'Ik zal je missen.' Hij kijkt zijn zus met grote ogen aan.

'Ik jou ook, maar het is echt beter zo.' Aurea wrijft met haar neus over zijn hals.

Tania is erbij komen staan en ook zij neemt afscheid van Atos.

Twee mannen komen de wei in. Ze drijven de twee merries naar de vrachtwagen. Zij aan zij stappen Aurea en Tania de klep op. Voor de tweede keer in hun leven gaan ze een reis maken.

Boven aan de klep kijkt Aurea nog even om en hinnikt naar Atos, die bij Emilia aan het hek staat. Atos en Emilia hinniken terug. Dan stapt Peter achter hen de klep op. Aurea en Tania lopen snel door tot achter in de vrachtwagen. Peter maakt aan de zijkant een schot los en draait dat over de breedte van de laadruimte. De twee merries passen precies naast elkaar in de ruimte erachter.

Aurea vindt het niet prettig om zo opgesloten te zitten, maar ze weet van Emilia dat de reis maar kort zal zijn. De klep gaat dicht en de vrachtwagen wordt gestart. De chauffeur rijdt een kort stukje en draait dan naar achteren. De klep gaat weer open en Aurea ziet dat ze bij het volgende weitje staan. Er komen nog een aantal pony's de wagen in. Als die binnen staan, doet Peter een volgend schot dicht. Nog een derde lading pony's wordt opgehaald en dan is de vrachtwagen vol. Langzaam rijden ze van het erf af. Sommige pony's hinniken, andere trappen tegen de wand. Tania en Aurea zijn stil en kijken elkaar aan.

'Wij zijn pony's van de vlakte en daar zijn we trots op,' zegt Aurea tegen Tania. Als haar hart nou maar ophield met zo hard te bonzen…

8

De veiling

De rit in de vrachtwagen duurt niet lang. Na een klein halfuurtje staan ze stil. Aan het knarsen en piepen van scharnieren hoort Aurea dat er een hek wordt opengedaan. Langzaam rijdt de vrachtwagen door het hek en achter hen gaat het piepend weer dicht. In de donkere vrachtwagen luistert Aurea naar de geluiden buiten. Boven het geronk van de motor uit hoort ze muziek en het geroezemoes van veel stemmen. Als de motor wordt uitgezet, klinken de geluiden nog harder.

Dan gaat de klep naar beneden en worden de pony's die vooraan staan uit de vrachtwagen gelaten. De wagen schudt zacht heen en weer. Na een paar minuten hoort Aurea dat iemand de klep op loopt. Holle voetstappen klinken op de houten vloer. Het eerste schot wordt weer naar de zijkant van de laadruimte gedraaid. De vier pony's die erachter stonden, lopen de man bijna ondersteboven in hun haast om uit de vrachtwagen te komen.

Opnieuw moeten Tania en Aurea even wachten, maar dan horen ze weer voetstappen op de klep. Iemand trekt de pin uit de wand en dan gaat ook het laatste schot open. Aurea en

Tania knipperen met hun ogen tegen het felle zonlicht.

Als Aurea aan het licht gewend is, loopt ze rustig naar de klep. Tania loopt met haar mee. Bovenaan staan ze even stil. Ze snuiven de frisse lucht op en genieten een moment van de morgenzon. Aurea kijkt rond en neemt de omgeving in zich op.

De vrachtwagen staat op de losplaats van de veiling. Er zijn nog veel meer vrachtwagens en overal worden pony's uitgeladen. Pony's zoals zij en Tania. Het is een drukte van belang. Aurea heeft nog nooit zo veel pony's bij elkaar gezien. Overal zijn mensen die proberen om ze in de juiste richting te drijven. Aurea ziet dat sommige pony's bang zijn. Ze steigeren en slaan naar de begeleiders. Aurea is blij dat Emilia haar zo veel over de veiling heeft verteld, zodat ze weet wat haar te wachten staat.

De man die het schot heeft losgemaakt, staat nog achter hen in de vrachtwagen. Aurea was hem even vergeten.

'Kom op dames, loop eens een beetje door. Er moeten nog meer pony's worden uitgeladen,' zegt hij niet onvriendelijk.

Aurea schrikt ervan en rent de klep af. Tania volgt rustiger. Ze komen in een met hekken afgezette gang. Die leidt naar een kleine kraal met aan elke kant een deur. De deur aan hun kant staat open. Het doet Aurea denken aan het kampje waarin ze gevangen werd op de vlakte. Ze twijfelt even of ze verder zal lopen. Tania loopt regelrecht de deur door en de kleine kraal binnen, maar Aurea kijkt eerst besluiteloos rond. Dan draaft ze achter Tania aan en de deur valt achter hen dicht.

Aurea kijkt zenuwachtig om zich heen. Een paar mensen

staan bij het hek en kijken naar haar en Tania.

Een van hen draagt een witte jas. Er staat een brilletje op de punt van zijn neus en hij heeft een klembord bij zich. 'Welke catalogusnummers zijn dit?' vraagt hij aan een man met een geruite pet.

De man met de pet bladert in een boekje. 'De palomino is 53 en de bruine 54.'

De man in de witte jas schrijft het op een papier dat op het klembord is bevestigd. Dan bekijkt hij de pony's. 'Eens even kijken. Eerst de bruine. Ziet er prima uit. Goede conditie, zit mooi in het haar, lijkt niet verkouden en heeft goede voeten. Gezond.' Hij maakt aantekeningen op zijn papier. 'De palomino ziet er ook goed uit. Hé, ze heeft een dik achterbeen. Die wil ik eerst even zien lopen, voordat ik de gezondheidsverklaring onderteken.'

De man met de geruite pet klapt een paar keer in zijn handen en zwaait met zijn boekje. Aurea en Tania schrikken ervan en rennen rond in de kleine ruimte.

'Stop maar, ik heb het al gezien. De palomino lijkt geen last te hebben van haar dikke been. Ik maak wel een aantekening voor de veilingmeester,' zegt de man met de witte jas. Hij draait zich om naar twee jongens die aan de andere kant naast hem staan en kijkt hen over zijn brilletje aan. 'Doe de stickers er maar op,' zegt hij tegen hen.

Een van de jongens klimt over het hek. Hij heeft rood haar en sproeten. Hij gaat midden in het hok staan en doet vervolgens steeds een klein stapje in de richting van de twee merries. Aurea vindt hem doodeng en houdt hem angstvallig in de gaten. Ze stapt achterwaarts zo ver mogelijk bij hem vandaan, tot ze niet verder kan. Aurea staat, net als Tania, met haar staart tegen het hek.

Opeens voelt Aurea dat ze een pets op haar achterste krijgt. Ze hoort dat Tania ook een klap krijgt. Geschrokken springt Aurea vooruit en ze draait zich vliegensvlug om.

De andere jongen is ongemerkt buitenom naar de hoek gelopen waar zij nu staan. Hij zit op het hek en grijnst. 'Klaar!' roept hij.

Aurea ziet dat Tania een gele sticker op haar bil heeft. Op die sticker staat een nummer. Ze verdraait haar hals om naar haar eigen achterhand te kijken. Ja hoor, daar zit ook een gele sticker met een nummer.

De jongen die in de kraal staat, heeft intussen de deur aan de overkant opengedaan. Hij loopt zo ver mogelijk bij de deuropening vandaan en geeft de pony's zo de gelegenheid om het hok uit te gaan. Tania en Aurea maken daar dankbaar gebruik van. Zonder hun ogen van de jongen af te wenden, lopen ze vlug door de openstaande deur.

Opnieuw komen ze in een met hekken afgezette gang. De jongen met het rode haar loopt achter hen aan en doet de deur van het hok dicht. Aurea hoort de man met de geruite pet nog net 'Volgende!' roepen.

Aurea en Tania lopen, gevolgd door de jongen, door de brede middengang. Op de gang komen links en rechts smallere gangen uit, waarlangs rijen met boxen staan. De smallere gangen zijn afgesloten met hekken, zodat ze alleen rechtuit kunnen. De pony's lopen rechtdoor tot ze niet verder kunnen. Het hek van het gangpad rechts staat open en sluit de middengang af.

Aurea kijkt even achterom. De jongen met het rode haar loopt nog steeds achter hen en komt dichterbij. Snel schiet Aurea de smallere zijgang in en Tania volgt haar. In de hokken waar ze nu tussendoor lopen, staan links en rechts kleine groepjes pony's. Even verderop staat een hok open. De deur van dat hok sluit het gangpad af, dus Aurea en Tania kunnen niet anders dan het hok in lopen. De jongen met het rode haar doet de deur achter hen dicht en loopt vervolgens weg.

Aurea kijkt Tania aan.

Van de zenuwen begint Tania te giechelen. 'Staat je leuk, zo'n gele sticker op je achterhand.'

Aurea schiet ook in de lach. 'Ja, het geel kleurt ook leuk bij jouw bruine haar,' grinnikt ze. Ze kijkt om zich heen.

De box links van hen is nog leeg. Daarvan staat de deur nu open, dus daar moeten vast de volgende pony's in. In de box rechts van hen staan twee merries, een zwarte en een lichte vos. Beide pony's laten hun hoofd hangen en hun ogen staan treurig. Ze kijken niet op of om en Aurea besluit hen maar met rust te laten.

In de uren die volgen, lopen er steeds kleine groepjes pony's door de gang. De boxen links van Aurea en Tania raken vol.

Dan begint de veiling. Via speakers die overal hangen, kunnen ze alles volgen. De pony's worden op nummer naar de veilingring gebracht.

Pas helemaal aan het eind van de middag is hun gang aan de beurt. Als de merries uit de box naast die van hen naar de veilingring worden gebracht, kijkt Aurea gespannen naar Tania. Via de speakers horen ze hoe hun buren worden geveild. Dan gaat de deur van hun box open en staat de jongen met het rode haar en de sproeten weer in de gang.

Tania gaat helemaal achter in het hoekje van de box staan. Ze kijkt angstig. 'Ik wil niet,' zegt ze tegen Aurea.

Aurea zucht diep. 'Ik ook niet, maar hier kunnen we toch ook niet blijven. Kom op, hoofd omhoog. We gaan.' Met opgeheven hoofd stapt ze de gang in.

Tania volgt haar aarzelend. Achter hen gaat de boxdeur weer dicht en met de jongen achter zich aan lopen ze opnieuw door een stelsel van gangen. De geluiden van de veiling worden steeds luider.

Opeens komen ze bij een grote deur. Aurea loopt nog steeds voorop en als de deur opengaat, deinst ze achteruit. Links en rechts rijzen de tribunes hoog op en voor haar ligt de veilingring. Precies zoals Emilia haar heeft verteld, zit het publiek achter hoge hekken rond de ring. Maar waar Aurea niet op voorbereid is, is de herrie. Overal staan speakers. De stem van de veilingmeester galmt door de ruimte. De mensen op de tribunes praten met elkaar. Op de achtergrond klinkt muziek.

De jongen met het rode haar drijft hen naar voren. Voorzichtig stapt Aurea de ring in. Als Tania haar wil volgen, klapt de deur voor haar neus dicht. De pony's worden een voor een geveild, dus Tania moet buiten de ring op haar beurt wachten.

Als bevroren staat Aurea midden in de ring. Ze kijkt angstig om zich heen. De tribunes zitten afgeladen vol. Aurea ziet moeders met kinderen, meisjes in rijbroeken en volwassen mannen. Tussen de mensen op de bovenste rij ontdekt Aurea tot haar schrik ook de man met de groene jas. Hij zit daar, met zijn halflange jas en zijn rare hoedje. Hoe kan ze die man toch ooit grappig hebben gevonden?

In een apart hokje, helemaal bovenin, zit de veilingmeester. Hij heeft een microfoon voor zich en een hamer in zijn hand. Aan de hand van het nummer op de achterhand van Aurea zoekt hij in zijn boekje naar de gegevens. Als hij die gevonden heeft, schraapt hij luidruchtig zijn keel. 'Dames en heren. In de ring ziet u catalogusnummer 53, de tweejarige merrie Boshoeves Zonnestraaltje. Het gaat hier om een heel fraaie, raszuivere pony. De merrie is niet alleen mooi, ze heeft ook een interessant stamboekpapier. Haar vader is oud-kampioen Landmaats Goudsmid, die zelf uitstekend in de springsport heeft gepresteerd.'

Aurea luistert mee. Landmaats Goudsmid? denkt ze verbaasd. Dan dringt tot haar door dat dat natuurlijk de naam is die de mensen aan Nikkel hebben gegeven. Net zoals ze haar Boshoeves Zonnestraaltje noemen.

'Haar moeder is Boshoeves Mirna en dat is ook de moeder van de kampioenshengsten Boshoeves Power en Boshoeves Bianco,' vervolgt de veilingmeester.

Aurea proest het bijna uit. Dus Darinde heet Boshoeves Mirna, en Alcan en Arcus moeten Boshoeves Power en Boshoeves Bianco zijn.

Van de tribune klinken bewonderende geluiden.

Maar de veilingmeester is nog niet uitgesproken. 'Helaas heeft de merrie een kleine beschadiging aan het rechterachterbeen opgelopen. Onze dierenarts heeft ons echter verzekerd dat het slechts oppervlakkig is en dat ze er niet kreupel door loopt.'

Daardoor bedenkt Aurea meteen dat ze nog helemaal niet heeft laten zien hoe ze loopt. Wat zei Emilia ook alweer? O ja, met grote passen door de baan draven, herinnert Aurea zich. Ze zet zich in beweging, maakt haar hals rond en draaft trots door de ring. Haar been doet geen pijn.

Uit het publiek klinkt een luid 'oooooh' en sommige mensen beginnen te applaudisseren.

Eerst schrikt Aurea daarvan, maar al snel krijgt ze in de gaten dat de mensen klappen omdat ze vinden dat ze mooi loopt. Trots doet ze er nog een schepje bovenop.

'Zoals u ziet heeft de merrie ook mogelijkheden als dressuurpony. Wie biedt op deze veelzijdige prachtige pony? Ik zet haar in op duizend. Heb ik een bod van duizend?' roept de veilingmeester enthousiast.

Op de tribune steekt een man zijn nummertje omhoog. Het bieden begint.

De veilingmeester wijst met zijn hamer naar de man. 'Duizend geboden door de man boven aan de tribune. Wie biedt er meer dan duizend?'

Verschillende andere mensen steken een nummertje omhoog. Aurea draaft nog altijd door de baan en gaat steeds hoger van de grond. Ook de prijs wordt hoger en hoger. Na een paar minuten neemt het bieden af.

'Vijfduizend is geboden door de Nederlander met nummer negen, hier links van mij. Niemand meer dan vijfduizend? Vijfduizend voor de eerste maal, vijfduizend voor de tweede maal. Niemand meer dan vijfduizend? Voor de derde maal!' zegt de veilingmeester en hij geeft met zijn hamer een klap op de tafel.

Aurea is moe, maar ze weet dat ze er alles aan heeft gedaan om zich zo goed mogelijk te presenteren. Ze hoopt maar dat het genoeg was om een goede baas te krijgen.

Aan de andere kant van de ring gaat een deur open. Een begeleider komt de ring in en drijft Aurea door de deur naar buiten. Via een gang komt ze nu in een grote omheinde ruimte, waar nog meer pony's rondlopen.

Een tijdje later komt Tania ook in de paddock. Ze kijkt even rond en rent dan op Aurea af. 'Ik ben gekocht door die man met nummer negen! Die heeft jou toch ook gekocht? We blijven bij elkaar,' roept ze enthousiast.

Aurea is ook blij. Gelukkig hoeft ze niet weer afscheid te nemen. Dat heeft ze de afgelopen dagen al vaak genoeg gedaan.

9

Een nieuwe baas

Na de veiling worden de pony's in groepjes naar verzamelboxen gebracht. De pony's die aan dezelfde mensen zijn verkocht, komen bij elkaar in de box. Behalve Aurea en Tania heeft hun nieuwe eigenaar nog twee pony's aangeschaft: twee eenjarige hengsten.

Misschien had hij Atos ook wel gekocht als die was meegegaan naar de veiling, flitst het door Aurea heen. In dat geval waren ze nu nog samen geweest. Dan bedenkt ze dat een dergelijke gedachte geen enkele zin heeft.

In de verzamelbox krijgen de pony's water en hooi. Aurea en Tania hebben flinke dorst en drinken gulzig van het frisse water. Daarna valt Tania aan op het hooi, dat lekker ruikt. Ook de jonge hengsten lusten wel iets. Ze nemen zulke grote happen van het hooi, dat de lange groengele sprieten aan alle kanten uit hun mond steken.

Aurea eet niets. Het lijkt wel of er een knoop in haar maag zit. In een hoekje van de verzamelbox denkt ze na over wat er nu gaat komen. Ze geeft haar dikke achterbeen wat rust. Tijdens de veiling had ze er geen last van, maar door het draven is het toch weer dikker geworden. Het voelt een beetje stijf aan, alsof er iets heel strak omheen zit.

Aurea weet niet wat hun nu te wachten staat, want daarover heeft Emilia niets verteld. Ze droomt langzaam weg. Stel dat hun nieuwe eigenaar besluit om zijn pony's terug te brengen naar de vlakte... Terug naar de kudde. Wat zou dat heerlijk zijn! In werkelijkheid is het nog maar een paar dagen geleden dat ze in vrijheid over de vlakte zwierven, maar het lijkt wel eeuwen. Ze droomt van het bos, van de poel, van haar vader en moeder, broer en zus, de andere pony's en de spelletjes die ze deden.

Aurea's dagdroom wordt ruw verstoord als plotseling het hoofd van een man boven de rand van de box uit komt. Ze herkent hem direct. Het is de man die op de tribune zo vaak zijn nummertje voor haar heeft opgestoken. Nummer negen, haar nieuwe baas.

Aurea doet snel een paar passen naar achteren. Ze blijft achteruit lopen tot ze in de verste hoek van de box staat. Van daaruit neemt ze haar nieuwe baas zorgvuldig op. De man heeft rode wangen en een grote neus. Onder zijn neus zit haar; zoiets heeft Aurea nog nooit gezien. De man draagt zo'n zelfde hoedje als de man met de groene jas, maar dit is blauwgeruit. De slappe rand hangt bijna voor zijn ogen. Boven zijn oren en in zijn nek krult bruin haar onder het hoedje vandaan.

Terwijl Aurea de man opneemt, bekijkt die zijn aankopen. Na een tijdje loopt hij weg. Aurea is blij dat hij weg is, al vond ze hem er niet onvriendelijk uitzien. Ze besluit toch maar wat van het hooi te proberen. Wie weet wanneer ze weer iets krijgt. Ze gaat naast Tania staan en neemt een hap hooi. Het smaakt goed.

Een half uur later gaat de deur van de verzamelbox open. Aurea, Tania en de twee andere pony's worden naar de losplaats gebracht, waar ze die ochtend uit de veewagen werden geladen. Nu staat er aan het eind van de gang een andere veewagen. Daarmee worden ze waarschijnlijk naar hun nieuwe thuis gebracht, bedenkt Aurea. Ze worden de klep op gedreven. Aurea is te moe om te protesteren en ook de andere pony's lopen rustig de wagen in. Met een doffe dreun slaat de klep achter hen dicht.

Aurea hoort de man die hen gekocht heeft met de chauffeur praten. 'Breng ze maar naar de boerderij van Eric Barnes. Daar kunnen ze blijven tot ze mee naar Nederland gaan. Ik heb immers nog een hele papierwinkel te regelen voor het zover is. En ook een beetje voorzichtig, alsjeblieft. De pony's zijn moe en ik wil ze graag heel houden. Ik rij met mijn eigen auto achter je aan.'

Dat klinkt niet onvriendelijk, vindt Aurea. Hun nieuwe eigenaar houdt in elk geval rekening met de vermoeidheid van zijn pony's. Zou ze dan toch een goede baas hebben getroffen?

Als de vrachtwagen na een tijd stopt, ziet Aurea door een spleet dat het al donker is.

Naast de vrachtwagen komt een blauwe auto tot stilstand, waar de man die hen gekocht heeft, uit stapt. Hij wrijft in zijn ogen en rekt zich uit.

Dan komt er een andere man aanlopen. 'Ha Bob, je komt er vier brengen, toch? Twee hengsten en twee merries? Ik heb twee boxen voor je opgestrooid.'

'Dag, Eric. Twee boxen is prima,' zegt hun eigenaar, die blijkbaar Bob heet. 'We zullen ze uitladen. Help je even? De hengsten zijn jaarlingen, dus die zullen wel niet veel problemen opleveren. De merries zijn twee jaar en een daarvan is behoorlijk groot.'

De klep van de vrachtwagen gaat open en eindelijk kunnen Aurea, Tania en de twee hengsten naar buiten. De man die Eric Barnes heet, ziet er niet erg vriendelijk uit. Hij draagt grote groene kaplaarzen en zijn blauwe overall slobbert rond zijn magere lichaam. Een petje staat achterstevoren op zijn dunner wordende blonde haar. Als hij grijnst, ziet Aurea dat hij verschillende tanden mist en de tanden die hij nog heeft, zijn bruine stompjes.

De mannen drijven hen naar een stal en langzaam lopen de pony's in de richting van de deur.

Blijkbaar gaat het Eric Barnes niet snel genoeg, want opeens schreeuwt hij: 'Hup, vooruit!'

Aurea schrikt en stormt vooruit. Ook Tania rent naar voren. Ze komen tegelijk bij de deur uit. Die is te smal om er naast elkaar doorheen te lopen, maar Tania en Aurea zijn niet van plan om op elkaar te wachten en persen zich samen door de deuropening.

Tania hinnikt opeens luid. 'Au, mijn been!'

Daardoor komt Aurea weer een beetje bij zinnen. Troostend wrijft ze met haar neus tegen die van Tania.

'Idioot,' schreeuwt Bob achter hen woedend tegen Eric Barnes. 'Doe nou eens een beetje rustig. Dat was echt nergens voor nodig. Nou heeft die bruine merrie een wond op haar heup.'

'Het is maar een schaafwond,' zegt Barnes.

Hij klinkt nogal onverschillig, vindt Aurea.

Aurea en Tania staan in een pikdonkere gang. Het is er zo laag dat de puntjes van Aurea's oren tegen het plafond aan komen. Ze laat haar ogen even aan het donker wennen. Dan ziet ze twee deuren, die allebei openstaan. Als ze merkt dat Bob achter hen aan de stal in loopt, schiet ze snel door een van de deuren naar binnen. Tania volgt haar.

Ze staan in een ruimte die net zo donker is als de gang. In de achterwand zit een deur, maar die is dicht. Er is geen raam. Op de vloer ligt een dikke laag schoon stro en in de hoek staat een emmer met water. Toch ruikt het naar schimmel in de ruimte. Aurea besluit dat ze hier niet wil blijven. Ze draait zich om en wil weer naar buiten lopen, maar Bob doet de deur dicht.

Ze horen de andere deur ook dichtslaan; blijkbaar zijn de hengsten in de andere box terechtgekomen. Aurea kan de hengsten wel horen, maar niet zien. Sterker nog, ze ziet helemaal niets meer. In de donkere stal is nergens een streepje licht te ontdekken. Aurea spitst haar oren.

Ze hoort dat hun eigenaar Barnes nog wat instructies geeft. 'De pony's moeten overdag naar buiten, maar sluit ze 's nachts maar op in de stal. Dat is ook gemakkelijker als de inspecteur ze komt bekijken voor de exportpapieren. Ik ga ervan uit dat ik ze over twee of drie weken kan ophalen.'

Dan wordt het stil. Aurea kruipt dicht tegen Tania aan, die zachtjes kreunt vanwege de wond op haar heup.

10

Uitgebroken!

Uit de woorden van de man die hen gekocht heeft, Bob, heeft Aurea begrepen dat deze stal niet hun eindbestemming is. Aurea is daar blij om. Ze vindt de donkere stal maar niets. Stel je voor dat ze hier de rest van haar leven zou moeten blijven!

Aurea is doodop en met Tania is het al niet veel beter gesteld. Het afscheid van Emilia en Atos, de veiling en de reis naar deze stal hebben hun tol geëist. Ze hoort Tania gapen.

'Ik ga slapen. Dan zien we morgen wel verder,' zegt Tania en ze laat zich in het zachte, knisperende stro zakken.

Aurea hoort haar nog even kreunen, maar dan slaapt ze blijkbaar. Aurea volgt haar voorbeeld. Ze gaat met haar rug tegen die van Tania aan liggen en het duurt niet lang voor ook zij in een diepe slaap valt.

Een paar uur later wordt ze weer wakker. Aurea heeft geen idee of het al ochtend is, want het is nog net zo donker als toen ze aankwamen.

Naast haar wordt ook Tania wakker. 'Volgens mij is het ochtend, want mijn maag knort,' zegt ze. Inderdaad klinkt er een rommelend geluid uit haar buik.

Aurea giechelt. Ze heeft ook honger. Gisteren in de verzamelbox heeft ze een paar happen hooi gegeten, maar dat is alles wat ze die dag heeft gehad. Ze knabbelen wat aan het stro, maar lekker is dat niet.

Plotseling gaat de deur achter in de box open. Zonnestralen verlichten de ruimte. Aurea knippert met haar ogen. Voorzichtig stapt ze naar de deur en steekt haar hoofd naar buiten. Niemand te zien. Ze stapt over de drempel en Tania volgt haar.

Ze staan in een kleine paddock. De omheining is oud en ziet er niet al te stevig uit. De planken zijn rot en hangen schots en scheef. Naast hun paddock is nog een tweede. Daarin ziet Aurea nu Eric Barnes staan, die de deur van de box van de hengstjes opendoet. Zij komen net zo behoedzaam naar buiten als Aurea en Tania.

In de omgeving is niet veel te zien. Achter de paddocks begint het bos. Naast de stal ligt de weg. In de paddocks staat geen gras, maar er ligt wel hooi in een hoek. Aurea geniet even van de frisse lucht en loopt dan samen met Tania naar het hooi. Gretig nemen ze alle twee een hap, maar Tania laat het hooi bijna direct weer uit haar mond vallen. 'Bah, wat vies. Het is muf en er zit schimmel in!' Ze trekt gekke bekken terwijl ze al het hooi weer naar buiten werkt.

Aurea vindt het hooi ook niet erg smakelijk, maar ze heeft zo veel honger dat ze besluit om er toch wat van te eten. Naast het hooi staat een emmer. Het water dat erin zit, ziet er niet erg schoon uit. Het is zelfs een beetje groen. Tania en Aurea proberen een klein slokje, maar ook het water smaakt smerig.

Daarna stappen Aurea en Tania samen wat rondjes. Aurea's achterbeen doet geen pijn en is ook niet meer stijf en dat wil ze graag zo houden. De schaafwond op Tania's heup is gelukkig oppervlakkig en ze heeft er weinig last van.

Vervolgens maken ze een praatje met de hengstjes, die Benjo en Rodeo blijken te heten. Rodeo laat zien waarom zijn moeder hem zo genoemd heeft. Hij galoppeert hard door de paddock en maakt intussen huizenhoge sprongen. Aurea moet erg om hem lachen.

De rest van de dag brengen ze door met wat soezen in de zon. Aan het eind van de middag zien ze dat Eric komt aanlopen.

'Nu moeten we vast weer in dat donkere hok. Daar heb ik helemaal geen zin in,' zucht Tania.

'Ik ook niet,' zegt Aurea uit de grond van haar hart.

Tania is even stil. Dan zegt ze rustig: 'Ik ga gewoon niet naar binnen.'

Aurea kijkt haar vriendin verbaasd aan. Opeens is Tania weer de ondeugende pony die ze in de kudde was. Aurea besluit met haar mee te doen.

Barnes sluit eerst de hengstjes op, die zich gedwee de stal in laten drijven. Dan stapt hij de paddock binnen waarin Aurea en Tania staan, helemaal achterin. 'Naar binnen, dames,' roept Barnes, terwijl hij in zijn handen klapt.

Maar Tania en Aurea piekeren er niet over. Als Barnes op hen af loopt, draaien ze hun achterhand naar hem toe. Dreigend leggen ze hun oren in hun nek.

Barnes schrikt en doet een pas achteruit. Hij krabt onder

zijn pet. 'Wat krijgen we nou! Gaan de dames eigenwijs doen? O, maar daar weet ik wel iets op.' Hij loopt weg. Als hij terugkomt, heeft hij een zweep van wel twee meter lang in zijn handen. Hij laat het uiteinde dreigend knallen.

Aurea kijkt Tania nerveus aan. Maar de kleine bruine merrie steekt haar neus in de lucht, spert haar neusgaten open, blaast een keer hard en blijft staan waar ze staat. Nu wordt Barnes echt boos. Hij loopt rood aan en geeft een schreeuw. Met de zweep haalt hij uit naar de merries. Aurea zet het op een lopen, maar Tania is woedend en rent met haar oren in haar nek op Barnes af. Hij vlucht naar het hek en weet niet hoe snel hij eroverheen moet klimmen.

Als hij eenmaal veilig aan de andere kant staat, schreeuwt hij met een rood hoofd tegen Tania: 'Dan blijven jullie maar buiten. Geen water. Dat zal je leren!' Hij loopt naar de plaats waar de emmer staat en trapt hem om.

Het groene water stroomt over de grond.

Tania staat in het midden van de paddock en hinnikt uitdagend naar hem. Het klinkt alsof ze hem uitlacht. 'Je water kun je houden. Dat is toch smerig,' roept ze terug. Tania lacht zacht en stapt op Aurea af. 'Zo, dat is dan geregeld.'

Aurea is onder de indruk van Tania's moed. 'Je durft wel!' zegt ze bewonderend.

Tania lijkt bijna te groeien van trots. 'Ik vind jou juist altijd zo dapper,' zegt ze zacht.

Langzaam gaat de zon onder. Het weer is nog zacht en de pony's hebben het dus niet koud. Wel krijgen ze inmiddels dorst. Uit frustratie geeft Tania na een tijdje een trap tegen het hek. Dat kraakt. Verrast kijkt Tania Aurea aan. Ze trapt nog een keer tegen het hek en nog een keer. Daar kan de gammele omheining niet tegen. De bovenste plank breekt in tweeen. De onderste plank is zo laag dat ze er gemakkelijk overheen kunnen stappen.

'We zijn vrij! Kom op, wegwezen hier,' roept Tania.

Aurea loert even zenuwachtig over haar schouder. Ze is bang dat Barnes op het gekraak van de plank zal afkomen. Maar er beweegt niets.

Tania is al over de plank heen gestapt. 'Kom op, Aurea,' roept ze.

Snel stapt ook Aurea over de overblijfselen van het hek. In het donker zoeken ze hun weg. Vannacht gaan de sterren en de maan schuil achter een dik wolkendek en het is pikdonker. Aurea vindt dat niet erg. Pony's kunnen goed zien in het donker en bovendien is de kans dat ze worden ontdekt kleiner. Ze lopen zachtjes langs de stal en over het erf. Dan staan ze op de weg.

'Welke kant gaan we op?' fluistert Tania.

'Maakt mij niet uit. We moeten eerst water en iets te eten zoeken, want mijn maag knort inmiddels zo hard, dat ze me kilometers verderop nog kunnen horen,' antwoordt Aurea.

Aurea en Tania stappen langs de weg. Na een poosje komen ze aan de rand van het bos. Daar gaat de verharde weg over in een zandpad. Aurea spitst haar oren en staat plotseling stil.

Tania, die achter haar loopt, botst bijna tegen haar op. 'Hé, wat doe jij nou? Loop eens door!'

'Ssst,' sist Aurea. 'Luister eens goed. Volgens mij hoor ik water.'

Tania begint te lachen. 'Hoe kun je water nou horen? Dat maakt toch geen geluid.' Toch spitst ze haar oren en dan hoort ze het ook. Het ruisen van een beek, iets verderop. 'Je hebt gelijk. Kom, dan gaan we kijken.'

De merries draven in de richting van het geluid. Plotseling staan ze voor een snelstromende, kristalheldere beek. Aurea laat haar neus direct in het ijskoude water zakken en neemt grote slokken. Wat had ze een dorst!

Als Aurea haar dorst gelest heeft, waadt ze even door het ondiepe water. Het is lekker koel aan haar voeten en het voelt heerlijk als het water langs haar benen stroomt. Ook Tania loopt het water in.

Na een tijdje stapt Aurea weer op de kant. 'Nu nog iets te eten zoeken.'

Ze lopen over de oever van de beek. Een stukje verderop komen ze op een open plek waar veel gras staat. Aurea en Tania doen zich te goed aan de verse groene sprieten. Ze grazen een tijdje, tot ze genoeg hebben.

'Laten we eerst een paar uur slapen. Daarna verzinnen we wel wat we verder gaan doen,' zegt Tania en ze geeuwt met haar mond wijd open.

Aurea is ook moe. Toch zegt ze: 'Ga jij maar eerst slapen. Dan houd ik de wacht. Over een paar uur maak ik je wakker en draaien we de rollen om. Zo kunnen we elkaar waarschuwen als er iemand komt,' stelt ze voor.

Tania knikt en gaat liggen. Ze is blijkbaar doodmoe, want al snel hoort Aurea een regelmatige ademhaling.

Aurea kijkt alert om zich heen. Niemand zal haar verrassen.

11

Tussen vier muren

Beng!

Met een klap slaat de deur van de box achter Aurea dicht. Drie nachten en twee dagen hebben Tania en zij van de vrijheid genoten. Ze speelden, bokten en galoppeerden achter elkaar aan. Ze dronken het frisse water uit de beek en er was gras in overvloed. Ze hadden altijd wel in het bos willen blijven.

Op de ochtend van de derde dag kwamen Aurea en Tania in de buurt van huizen. Ze draaiden zich snel om om terug te gaan, het bos in, maar een wandelaar had hen al opgemerkt. Die moet op de een of andere manier Eric Barnes gewaarschuwd hebben, want niet lang daarna kregen Aurea en Tania de schrik van hun leven.

Een hele groep mensen kwam op hen af en vormde een kring om hen heen zodat ze werden ingesloten. Aurea en Tania hadden niet de moed om nog eens een aanval te doen. Ze verzetten zich wel, maar uiteindelijk kregen de mensen hen toch een trailer in.

Nu zitten Tania en Aurea opnieuw opgesloten in de pikdonkere en muffe box.

'Denk maar niet dat jullie nog naar buiten mogen. Jullie blijven mooi binnen tot De Vries terugkomt,' hoort Aurea Barnes aan de andere kant van de deur mopperen.

De Vries, dat moet hun eigenaar Bob zijn, bedenkt ze.

'Nou, daar zijn we dan mooi klaar mee. Ik hoop maar dat die De Vries ons snel komt halen,' zegt Tania zacht. Vanuit haar ooghoeken kijkt ze een beetje angstig naar Aurea.

Aurea begint te lachen. 'Ach wat. We zijn twee dagen vrij geweest. Het was een avontuur en dat nemen ze ons mooi niet meer af,' zegt ze nuchter.

De dagen kruipen voorbij, maar Aurea heeft geen idee meer van de tijd. Ze weet niet wanneer het dag of nacht is. Zij en Tania zien alleen wat daglicht als Barnes hun hooi of water komt brengen. Het water heeft een zurige smaak en het hooi is slap en stoffig, maar omdat ze niets anders krijgen, eten ze er toch wat van. Aurea heeft voortdurend honger.

Ze krijgen geen schoon stro, dus langzaam verandert het mooie knisperende gele stro in een natte kleverige bruine massa. Er komt geen frisse lucht in de box, waardoor het behoorlijk benauwd is. Tania moet er af en toe van hoesten. Nergens is meer een schoon plekje te vinden waar ze kunnen liggen en dus liggen de merries in hun eigen vuil. De wond op Tania's heup, die al bijna genezen was, is daardoor toch nog gaan ontsteken. De randen zijn rood en gezwollen. Door het gebrek aan beweging is Aurea's been opnieuw dik en warm. De vriendinnen proberen de moed erin te houden. Ze vertellen elkaar verhalen over de vlakte, het bos, hun familie en het leven in de kudde.

Aurea heeft geen idee hoeveel tijd er verstreken is als op een ochtend niet alleen Barnes, maar ook een tweede man de box binnenkomt.

Hij draagt een groene stofjas. Zijn gezicht is gerimpeld en zijn dikke haar spierwit. De man lijkt te schrikken als hij Aurea en Tania ziet.

'Kunt u licht maken? Ik kan bijna niets zien,' zegt hij nors tegen Barnes.

'Er is hier geen licht. Ik kan wel even een zaklamp halen,' antwoordt Barnes en hij loopt snel weg.

De man loopt verder de box in.

Wat zou hij nou weer willen? denkt Aurea. Samen met Tania kruipt ze zo ver mogelijk weg in de hoek van de box.

'Tjongejonge, wat is het hier smerig. En wat een stank! Arme pony's. Er wordt niet best voor jullie gezorgd. Het is maar goed dat De Vries jullie morgen komt ophalen,' zegt hij vriendelijk.

Barnes komt terug met een grote zaklamp, die hij aan een haak in het plafond hangt. 'Alstublieft, inspecteur.'

De man die blijkbaar een inspecteur is, kijkt naar Aurea en Tania. 'Bedankt. Ik kan het verder wel alleen af. Doe de deur maar dicht. Ik klop wel als ik er weer uit wil,' zegt hij kortaf.

Heel even lijkt Barnes te twijfelen. Dan stapt hij de box uit. 'Pas op voor die kleine bruine. Die viel me twee weken geleden zomaar aan,' zegt hij nog over zijn schouder en dan doet hij de deur dicht.

Aurea briest verontwaardigd. Zomaar! Barnes vergeet erbij

te zeggen dat hij haar en Tania eerst bedreigde met de zweep.

De inspecteur trekt zijn wenkbrauwen op. Hij kijkt naar Tania, die nog steeds angstig in de hoek staat. Dan haalt hij pen en papier tevoorschijn. Hij onderzoekt de pony's uitgebreid en schrijft het een en ander op. Als hij klaar is, steekt hij zijn pen en het papier weer weg. 'Zo. Nu kunnen jullie morgen zonder problemen de grens over.' Uit zijn zak haalt hij iets wits. Hij legt het op zijn vlakke hand en houdt het onder Tania's mond.

De bruine merrie snuffelt eraan en proeft voorzichtig. 'Lekker! Het is heel zoet,' zegt ze tegen Aurea.

De man wil Aurea ook een suikerklontje geven, maar zij vindt dat ze voor vandaag wel weer lang genoeg dicht in de buurt van mensen is geweest.

De man klopt op de deur van de box en Barnes doet die open. Hij laat de man eruit en Aurea hoort hem de grendels weer op zijn plaats schuiven.

Aurea kruipt dicht tegen Tania aan. 'Nog één nachtje slapen, Tania, en dan zijn we hier weg. Heb je het gehoord? Morgen komt Bob de Vries ons halen. Dan gaan we de grens over.' Aurea denkt even na en kijkt haar vriendin dan aan. 'Weet jij eigenlijk wat een grens is?'

Tania schudt met haar hoofd. 'Maar het kan over de grens alleen maar beter zijn dan hier,' zegt ze vastberaden.

Eindelijk is het zover. Aurea spitst haar oren als ze een vrachtwagen hoort aankomen. Plotseling begint ze te lachen.

Tania kijkt haar niet-begrijpend aan.

Aurea legt haar binnenpretje uit. 'Al die jaren op de vlakte waren we bang als we een vrachtwagen zagen. En nu zijn we blij dat er een komt.'

Tania lacht ook. 'Ja, dat is inderdaad wel een beetje gek.'

De deur gaat open en Bob de Vries loopt de box binnen terwijl Eric Barnes in de deuropening blijft staan. De Vries lijkt te schrikken van wat hij ziet.

Aurea kijkt naar Tania. Bij het licht dat door de deuropening komt, ziet ze hoe vreselijk haar vriendin eruitziet. In de weken dat ze bij Barnes in het donker hebben gestaan, is ze heel wat kilo's kwijtgeraakt. Aurea kan Tania's ribben tellen. Bovendien zit ze onder de aangekoekte mest. In de hele box is geen schoon strootje meer te vinden. Op de wond op Tania's heup zitten vliegen. Zelf zal ze er niet veel beter uitzien, bedenkt Aurea. Haar achterbeen is in ieder geval ook weer een stuk dikker geworden.

Bob de Vries draait zich om naar Eric Barnes. 'Wat heb je met die merries gedaan? Ze zijn mager en smerig. Hebben ze overdag wel buiten gelopen, zoals ik je heb gevraagd?' Zijn stem trilt van woede.

Barnes krimpt in elkaar onder de boze blik van De Vries. 'De eerste dag zijn ze wel buiten geweest, maar ze wilden 's avonds niet meer naar binnen. Die bruine viel me zelfs aan! Daarna hebben ze de omheining kapotgetrapt en zijn ze ervandoor gegaan. Ik heb heel veel moeite moeten doen om ze weer te vangen,' verdedigt hij zich.

De Vries schudt zijn hoofd. 'Dat is geen excuus. Moet je nou kijken hoe ze eruitzien! Zo kan ik die pony's voorlopig niet verkopen. Ik moet eerst zorgen dat ze weer toonbaar zijn en dat ze schoon worden. Dat was niet nodig geweest als jij goed voor ze had gezorgd. Dit was de laatste keer dat ik pony's bij jou heb ondergebracht!'

Zonder iets terug te zeggen stampt Barnes de stal uit. Bob de Vries doet de deur van de box ver open en drijft de pony's naar buiten.

Stijf en voorzichtig loopt Aurea het gangetje door, met Tania achter zich aan. Dan staat ze weer op het erf. Ze zuigt haar longen vol frisse lucht. Het licht doet eerst pijn aan haar ogen. Als ze weer wat kan zien, kijkt Aurea verbaasd rond. In die twee weken gevangenschap is het plotseling herfst geworden. De bladeren beginnen te kleuren. De hemel is grijs en het is behoorlijk fris. Het regent licht. Het ruikt kruidig, naar vermolmd hout.

Bob de Vries hoeft niet veel moeite te doen om hen in de vrachtwagen te krijgen. Aurea stapt maar wat graag in. Hoe eerder we hier weg zijn, hoe beter, denkt ze. De Vries loopt achter de pony's aan de klep op. Aurea ziet dat deze vrachtwagen er van binnen heel anders uitziet dan de vorige wagens waarmee ze vervoerd is. Ze gaat in een aparte box, die zo smal is dat ze zich er niet in kan omdraaien. Over het schot heen ziet ze Rodeo en Benjo in net zulke boxjes staan. Tania staat aan de andere kant naast haar.

De klep gaat zacht dicht, maar het blijft toch licht, want in de wanden van de laadbak zitten kleine raampjes. Een aantal staat open, waardoor frisse lucht naar binnen stroomt.

Toch heeft Aurea het een beetje benauwd. Ze vindt het niet fijn om zo opgesloten te zitten. Ze zucht diep en kijkt Tania aan. 'Ik wou maar dat deze vrachtwagen ons terugbracht naar de vlakte,' zegt ze zacht.

Tania knikt, maar Aurea weet dat hun wens niet in vervulling zal gaan.

12

Een afschuwelijke bootreis

De vrachtwagen is behoorlijk comfortabel en de motor maakt veel minder herrie dan die van de andere vrachtwagens waar Aurea in heeft gestaan. Daardoor kunnen de pony's hun ervaringen uitwisselen.

De hengstjes vertellen hoe zij het bij Barnes hebben gehad. Benjo zegt dat Barnes hen niet elke dag, maar wel regelmatig naar buiten liet. Toch hebben ze het niet veel beter gehad dan de merries. Aurea ziet dat ook zij erg vies zijn en een stuk magerder dan eerst. Tania vertelt op haar beurt over hun vlucht en de dagen in het bos. De hengstjes zijn duidelijk onder de indruk. Aurea is stil en luistert alleen.

Als Tania uitverteld is, kijkt ze haar vriendin onderzoekend aan. 'Waar denk je aan?' vraagt ze zacht, zodat de hengstjes het niet kunnen horen.

Aurea denkt terug aan de woorden die De Vries in de box tegen Barnes zei. Ze laat haar hoofd hangen. 'Ik heb steeds gedacht dat Bob de Vries onze nieuwe baas was. Maar dat is niet zo. Heb je gehoord wat hij in de box zei? Hij zei tegen Barnes dat hij ons zo niet kon verkopen. De Vries heeft ons dus helemaal niet voor zichzelf gekocht. Hij is een ponyhandelaar. Emilia heeft me verteld wat dat is. Dat is iemand die pony's koopt en daarna weer verkoopt.'

Aurea is bitter teleurgesteld. Bob de Vries leek nog wel zo aardig. Hij had rekening gehouden met hun vermoeidheid toen ze na de veiling naar Barnes werden gebracht. Hij had Barnes op het hart gedrukt goed voor hen te zorgen en hen elke dag naar buiten te laten. Hij was boos geweest toen hij hen in zo'n slechte conditie had aangetroffen. Had hij al die tijd aan zijn pony's gedacht, of aan zijn handelswaar?

'We zullen opnieuw verkocht worden. Nog altijd is het onzeker of we een goede baas krijgen. En ik dacht nog wel dat aan die onzekerheid na de veiling een eind zou komen.' Aurea kijkt opzij naar Tania, die nu ook haar hoofd laat hangen.

'En ik dacht dat we nu voor altijd bij elkaar zouden blijven,' zegt Tania sip.

Een halfuurtje later stopt de vrachtwagen en de motor wordt uitgezet. Aurea rekt haar hals om uit het raampje te kunnen kijken. De lucht is loodgrijs. Zware zwarte wolken jagen in hoog tempo langs de hemel. Het waait stevig. De wind rukt aan de veewagen, die daardoor zacht wiebelt. De lucht die via het open raam binnenkomt, smaakt een beetje zout.

Grote witte vogels die hoog en hard schreeuwen, vliegen over. In de verte hoort Aurea een zacht geruis, dat ze niet goed kan thuisbrengen. Ze spitst haar oren en houdt haar hoofd scheef om goed te kunnen luisteren. Het klinkt een beetje als de bomen in het bos. Die ruisen ook als er een stevige bries staat. Maar dit geluid is toch net iets anders. Dit geruis zwelt steeds aan en ebt dan weer weg. Nee, ze weet niet wat het is.

Dan hoort ze de deur van de cabine opengaan. Bob de Vries springt uit de vrachtwagen, steekt een stapeltje papieren in zijn zak en duwt de deur van de cabine met moeite weer achter zich dicht. De Nederlander trekt zijn hoedje ver over zijn oren en zet de kraag van zijn jas omhoog. Zijn handen steekt hij in zijn zakken. Vervolgens loopt hij fluitend naar een gebouwtje, even verderop.

Even later komt De Vries terug en klimt weer in de cabine. De motor komt brommend tot leven en langzaam rijden ze verder. Als de vrachtwagen een stenen kade op draait, ziet Aurea plotseling door het raampje de bron van het geluid dat ze niet kon thuisbrengen. Water, zo ver ze kan zien. Tot voorbij de horizon. Ze kan haar ogen niet geloven en houdt haar adem in.

Door het slechte weer is het water onstuimig. De wind stuwt het hoog tegen de kade op en de grijze golven hebben witte koppen. Af en toe slaat een golf over de stenen rand. Aan de kade ligt een enorm gevaarte, groter dan een heleboel vrachtwagens bij elkaar. De touwen waarmee het ding vastligt, kraken. Het is een angstaanjagend geluid.

De vrachtwagen rijdt over een soort brug het gevaarte in. Een man met een oranje hesje en een gele helm geeft aan waar de vrachtwagen moet staan. Als de motor wordt afgezet, is het opeens stil. De wind is hier niet te horen, maar wel te voelen.

'Wat raar. Het is net of de vloer beweegt,' zegt Benjo.

Aurea voelt het ook.

Rodeo kijkt bedachtzaam rond. 'Dat is ook zo. Dit is een boot. Boten drijven op water en daarom schommelen ze zo.'

Aurea en de andere pony's kijken hem verbaasd aan.

'Hoe weet jij dat?' vraagt Benjo.

Rodeo grijnst trots. 'Mijn moeder heeft er ooit over verteld. Zij komt uit een gebied dat aan een rivier ligt en daar kwamen vaak boten voorbij,' legt hij uit.

Opeens gaat de klep een klein stukje open. Bob de Vries kijkt even naar binnen en doet dan de klep weer dicht. Zijn voetstappen klinken hol als hij bij de vrachtwagen vandaan loopt.

Door het raampje ziet Aurea dat er nog veel meer auto's en vrachtwagens de boot in rijden. Ze hoort mensen uitstappen en portieren dichtslaan. Na een poosje is het vol. Met veel gepiep en gekraak gaat de grote deur waardoor ze naar binnen zijn gereden dicht.

Het lijkt wel of het steeds harder gaat waaien; de boot danst op de golven. Blijkbaar onweert het ook, want Aurea hoort een krakende donderslag. Wat een noodweer! Dan hoort ze een geluid alsof een vrachtwagen wordt gestart, maar dan veel en veel harder. Dat zijn vast de motoren van de boot. Ze gaan varen!

Aurea vindt het gevoel geen vaste grond onder haar hoeven te hebben niet fijn. De hengstjes lijken er niet veel last van te hebben. Ze staan een beetje suf voor zich uit te kijken. Dan kijkt Aurea naar Tania. Die ziet er helemaal niet goed uit. Haar ogen staan glazig en ze zweet een beetje.

'Voel je je wel goed?' vraagt Aurea bezorgd.

Tania kijkt haar nerveus aan. 'Het gaat wel. Een beetje pijn in mijn buik. Het zal zo wel over gaan,' kreunt ze.

Nu ze echt varen, wordt het gedein nog heviger. Het lijkt wel of de golven de boot optillen en weer terugsmijten. Ze gaan omhoog en omlaag. Aurea wordt er nerveus van. Ze ziet dat Tania zich er ook onprettig bij voelt. De kleine bruine merrie begint steeds erger te zweten.

'Hé, kom op. Dit kan nooit lang duren,' zegt Aurea om Tania moed in te spreken.

Tania kijkt haar sip aan. 'Ik ben niet bang. Ik heb alleen zo'n pijn in mijn buik.'

Naarmate de reis vordert, maakt Aurea zich meer en meer zorgen over Tania. Haar vriendin stampt steeds met haar voet op de grond. Af en toe verdraait ze haar hals om naar haar buik te kunnen kijken. Het zweten wordt erger en soms kreunt Tania zacht. Dan laat ze zich opeens door haar knieën zakken.

Aurea raakt in paniek. 'Niet doen, Tania. Sta op! Je kunt nu niet gaan liggen! De box is te smal. Straks kun je niet meer overeind komen,' roept ze.

De hengstjes zijn meteen wakker. Ze kijken over het schot naar Tania, die met moeite overeind komt.

'Mijn buik doet zo'n pijn,' kreunt ze.

Aurea denkt vlug na. Er moet hulp komen. Daarvoor zal ze eerst de aandacht moeten trekken. Ze begint hard en hoog te hinniken. Met haar benen slaat ze zo hard ze kan tegen de wand. De hengstjes begrijpen wat de bedoeling is en doen met haar mee.

Het duurt niet lang of er komt iemand op het lawaai af. Door het raampje ziet Aurea een man naar de vrachtwagen kijken en dan weer weglopen. Ze hoopt maar dat hij hulp gaat halen. Kort daarna hoort ze een stem door de parkeerruimte galmen, die omroept dat de eigenaar van de Nederlandse veewagen naar zijn pony's moet gaan kijken.

Gelukkig gaat al na een paar minuten de klep open. Bob de Vries kijkt de wagen in en klautert dan meteen naar binnen. Hij loopt naar Tania toe en aait de merrie zacht over haar hoofd. Hij kijkt haar onderzoekend aan. Zijn vingers zoeken naar een punt onder haar kaak. Als hij het juiste plekje gevonden heeft, houdt hij zijn vinger daar en kijkt op zijn horloge. Tania staat doodstil; ze voelt zich vast veel te beroerd om zich te verzetten.

De Vries kijkt bezorgd naar de merrie. 'Je hartslag is veel te snel, meisje. Hou het alsjeblieft nog even vol. Over een half uur ligt de veerboot aan de kade en breng ik je naar een dierenarts.' Hij blijft de rest van de oversteek bij haar.

Het laatste half uur van de reis wordt de zee rustiger en deint de boot minder heftig op en neer. Tania ziet er doodmoe uit en ze kreunt regelmatig; blijkbaar doet haar buik nog steeds pijn. Af en toe probeert ze toch weer te gaan liggen, maar iedere keer maant Bob de Vries haar te blijven staan.

Eindelijk hoort Aurea dat het gestamp van de motor van de boot stopt. De Vries stapt uit de vrachtwagen en doet de klep weer dicht. Aurea ziet de grote deur waardoor ze naar binnen zijn gereden, opengaan. Buiten schijnt een waterig zonnetje. Overal worden auto's gestart. Ook De Vries start zijn vrachtwagen en zodra er ruimte is, rijdt hij de boot af.

13

Tania in de kliniek

Tien minuten later stopt de vrachtwagen alweer. Bob de Vries parkeert de wagen voor een huis en zet de motor af. Door het raampje ziet Aurea een jonge man naar buiten komen. Het is een lange kerel met zwart haar. Snel loopt hij naar de vrachtwagen toe, zijn lange witte jas fladdert achter hem aan. Als de man bij de vrachtwagen aankomt, is De Vries al uit de cabine gesprongen. Samen doen ze de klep naar beneden.

Als beide mannen de laadruimte in lopen, maakt Aurea zich zo klein mogelijk. Sinds die akelige Eric Barnes heeft ze even genoeg van nieuwe mensen.

'Dat is haar, Van der Wiel.' De Vries wijst naar Tania.

Die is er duidelijk niet best aan toe. De kleine bruine merrie laat haar hoofd hangen. Ze is drijfnat en stampt regelmatig op de grond. Daarbij kreunt ze zacht. Ze kijkt nauwelijks op als de man naar haar toe loopt.

'Hmmm.' Van der Wiel trekt een bedenkelijk gezicht. 'Pony's uit het reservaat, zei je toch?' Ook hij voelt onder Tania's kaak om haar hartslag op te nemen. Dan ziet Aurea dat hij twee dopjes in zijn oren steekt, die vastzitten aan een vreemd ding dat om zijn nek hangt. Aan het einde zit een soort metalen rondje.

Er is nauwelijks ruimte tussen Tania en het schot van het boxje, maar Van der Wiel weet zich er toch tussen te persen. Intussen praat hij op rustige toon tegen Tania. 'Braaf, pony. Even met de stethoscoop naar je hartslag luisteren en naar je darmen. Dan weten we zo wat het probleem is.' Hij drukt het rondje tegen Tania's ribben en luistert ingespannen. Daarna verlegt hij het ding naar haar buik. Ook bekijkt hij de ontstoken wond op Tania's heup.

Aurea verbaast zich erover dat Tania nauwelijks reageert. De pijn heeft haar waarschijnlijk verdoofd.

Van der Wiel stapt weer uit het boxje en kijkt bedenkelijk. 'Haar hartslag is te hoog en ik hoor bijna geen geluid in haar darmen. Dat is geen goed teken. Ik denk dat we haar moeten meenemen naar binnen. Dan kan ik haar beter onderzoeken. Ze kent zeker nog geen halster?'

De Vries schudt zijn hoofd. 'Nee. Maar ik heb er wel een bij me dat haar misschien past. En zoals ze er nu uitziet, denk ik dat ze niet al te veel problemen zal maken.' Hij loopt de klep weer af om het halster te pakken.

Van der Wiel kijkt intussen om zich heen. Benjo en Rodeo kijken hem gespannen aan. Ook Aurea voelt zich niet op haar gemak. De dokter heeft een vreemd luchtje om zich heen hangen, dat ze niet prettig vindt. Tot haar schrik steekt de dokter zijn hand naar haar uit. Ze probeert nog verder weg te kruipen, maar dat gaat niet. Om de dokter af te schrikken legt ze dreigend haar oren in haar nek. Dat helpt. De dokter trekt onmiddellijk zijn hand terug.

Bob de Vries komt weer binnen met het halster.

De dokter grinnikt. 'Die palomino is een prachtige pony, maar geen katje om zonder handschoenen aan te pakken. Daar krijg je nog heel wat mee te stellen. Hoe komt ze aan dat dikke been?'

De Vries trekt een gezicht. 'Ze is geblesseerd geraakt toen ze probeerde om over de omheining van de vangkraal te springen. Op de veiling zeiden ze dat het niet ernstig was, maar toen was het been veel minder dik dan nu.' Vervolgens vertelt De Vries in het kort hoe hij de pony's die ochtend bij Eric Barnes heeft aangetroffen. Zijn stem klinkt boos.

Van der Wiel en De Vries schuiven samen het halster over de oren van Tania. De merrie protesteert niet. De Vries klikt een touw aan het halster. Hij maakt het schot los en trekt het opzij. Van der Wiel stapt opnieuw naar binnen en geeft de merrie een zacht bemoedigend duwtje.

Aurea schrikt. Ze gaan Tania weghalen! Waar zouden ze haar naartoe brengen?

Ook tot Tania's verdoofde brein lijkt nu door te dringen wat de bedoeling is. De dokter en De Vries willen haar van de andere pony's scheiden! Haar hoofd gaat omhoog en haar ogen staan wild van angst. Ze zet zich met alle vier haar benen schrap. 'Ik wil niet. Ik ben bang! Aurea, ik wil bij jou blijven!' roept ze.

Aurea hinnikt Tania toe, maar kan niets voor haar vriendin doen.

Met zachte dwang duwt Van der Wiel de magere merrie

naar de klep. De kleine Tania is geen partij voor de twee grote sterke kerels. Ze stribbelt dapper tegen, maar kan niet voorkomen dat ze van de klep wordt geduwd.

Samen leiden De Vries en Van der Wiel Tania naar het gebouw. Tania blijft hinniken naar de pony's in de vrachtwagen, tot ze door een deur in het gebouw is verdwenen. Het wordt stil. Aurea kijkt naar Benjo en Rodeo. Ze zeggen niets. Aurea's hart klopt in haar keel. Wat gebeurt daar binnen? Zal Tania het redden?

Het lijkt uren te duren voor De Vries weer naar buiten komt. Zonder Tania. Aurea kijkt naar zijn gezicht, maar daaraan kan ze niets aflezen. Hij loopt naar de vrachtwagen en doet de klep dicht. Daarna stapt hij in de cabine en start de motor. Langzaam draait hij de parkeerplaats af. Geen van de pony's durft iets te zeggen, maar waarschijnlijk denken Benjo en Rodeo hetzelfde als Aurea. Wat is er met Tania gebeurd?

Na een kwartiertje gaat de vrachtwagen langzamer rijden. Door het raampje ziet Aurea dat ze het erf van een huis met een grote stal op rijden. De wagen stopt en De Vries stapt uit zonder de motor af te zetten. Aurea kijkt naar hem terwijl hij naar de stal loopt en de grote dubbele deuren openzet. Dan stapt hij opnieuw in de vrachtwagen en rijdt achteruit tot vlak voor de deuren.

Uit het huis komt een jonge vrouw. Ze loopt naar de vrachtwagen. Als deze stilstaat, trekt ze de deur van de cabine open. 'Wat ben je laat. Ik had je een uur geleden al thuis verwacht,' zegt ze.

Bob knikt. 'Een van de pony's kreeg op de veerboot koliek. Ik ben bij aankomst meteen naar Van der Wiel gereden. Hij heeft haar in de kliniek onderzocht en ze bleek een flinke verstopping te hebben. Hij heeft haar een soort glijmiddel gegeven en daarna een infuus. Nu maar hopen dat daarmee de verstopping verdwijnt. Als dat niet lukt, vrees ik het ergste,' zegt hij somber. Vermoeid wrijft hij met een hand over zijn gezicht.

Aurea zucht opgelucht. Tania leeft nog! Al klinkt het niet al te best wat De Vries vertelt.

'Kom, dan halen we de andere pony's van de vrachtwagen. Die zullen zo langzamerhand wel dorst en honger hebben,' zegt de vrouw kordaat.

De klep gaat naar beneden en de vrouw loopt naar boven. Als ze de drie pony's ziet, slaat ze haar hand voor haar mond. Ze draait zich om naar Bob, die achter haar aan is gelopen. 'Oooh, wat zien ze eruit! Zo mager en smerig,' roept ze uit.

Bob knikt. 'Ja, met dank aan Eric Barnes. Hij heeft deze keer heel slecht voor de pony's gezorgd. Ze zijn de afgelopen twee weken nauwelijks buiten geweest. Ik denk dat het hooi dat ze te eten hebben gekregen, de oorzaak is van de koliek. Dit was de laatste keer dat ik pony's bij hem heb ondergebracht. Ik zoek wel een ander adres.'

De vrouw bekijkt Aurea wat aandachtiger. 'Dus dit is de merrie die er tijdens de veiling zo geweldig uitzag? Dat zou je nu ook niet zeggen. Haar achterbeen is behoorlijk dik. Nou, laten we ze eerst maar eens op stal zien te krijgen. Heb je de boxdeuren al opengezet?'

Bob loopt de stal in. 'Ja,' roept hij. 'Laat ze maar komen.'

De vrouw maakt het schot van Aurea's boxje los. Ze duwt het opzij. Aurea schiet snel langs haar heen in de richting van de klep, maar blijft dan staan. De vrouw laat achter haar ook Benjo en Rodeo los. Daarna loopt ze snel de vrachtwagen uit. De hengstjes lopen Aurea nieuwsgierig voorbij naar de klep. Even blijven ze staan om rond te kijken. Rodeo loopt als eerste naar buiten. Daarna volgt Benjo, met zijn neus in de staart van Rodeo. De vrouw leidt hen de stal in.

Even later komt de jonge vrouw weer terug. Aurea staat nog steeds in de vrachtwagen. Ze drukt zich tegen de achterste wand. Toen Bob vanochtend het schot vastzette en de klep dichtdeed, voelde ze zich opgesloten. Nu is het schot los en staat de klep open, maar Aurea aarzelt. Waar is ze terechtgekomen? Wat staat haar hier te wachten? De angst voor het onbekende maakt dat ze zich in de vrachtwagen veilig voelt. Toch begrijpt Aurea ook wel dat ze er niet kan blijven. Dus raapt ze al haar moed bij elkaar en loopt naar de klep.

De stal van Bob de Vries ziet er schoon uit. De vloer is netjes geveegd. Links en rechts van het gangpad staan goed verzorgde paarden in grote boxen. In elke box zit een raam, dus is er veel licht in de stal.

De vrouw spreekt Aurea bemoedigend toe. 'Kom maar, dapper kleintje. Wat hebben ze toch met je gedaan! Laat Elise maar eens goed voor je zorgen.'

Aurea kijkt naar de vrouw. Tot nu toe heeft ze nog nooit met vrouwen te maken gehad. Op de vlakte, bij Peter, tijdens de veiling en bij Eric Barnes heeft ze alleen maar mannen om zich heen gehad. Geen van die mannen is het gelukt om haar op haar gemak te stellen. Misschien zijn vrouwen anders? Aurea besluit haar het voordeel van de twijfel te gunnen. Langzaam stapt ze de klep af. Op de vloer van de stal blijft ze een moment staan. De vrouw loopt rustig op haar af.

Bob kijkt van achter uit de stal toe. 'Een beetje voorzichtig met die merrie, Elise. Ze heeft tot nu toe bijna alleen maar slechte ervaringen met mensen en haar vertrouwen is ver te zoeken. Ze is heel bang en reageert soms agressief.'

Elise doet voorzichtig een stapje in Aurea's richting.

Aurea's hart klopt wild, maar ze blijft heel stil staan, haar oren naar Elise gericht. De zachte stem van de jonge vrouw is prettig om te horen. Aurea staat toe dat ze nog een stapje dichterbij komt. Elise staat nu op een meter afstand en heel langzaam steekt ze haar hand uit naar Aurea.

Eerst wil Aurea achteruitgaan, maar dan bedenkt ze dat het er toch een keer van moet komen. Ze besluit zelf het initiatief te nemen. Ze steekt haar neus naar Elise uit. Elise schrikt, maar trekt haar hand niet terug. Voor het eerst raakt Aurea uit vrije wil een mens aan. De hand van Elise voelt zacht tegen haar bovenlip.

Dan laat Elise haar hand weer zakken. Ze loopt naar Bob, die bij een van de achterste boxen staat. Aurea loopt langzaam achter haar aan, tussen de boxen door. Links en rechts kijken paarden en pony's naar haar. De box naast die van Benjo en Rodeo is leeg. Door de open deur ziet Aurea dat er een dikke laag stro in de box ligt. Ze stapt naar binnen.

Elise en Bob doen de deur achter haar dicht en leunen eroverheen.

'Het is inderdaad een prachtige pony, maar het zal weken duren voordat ze is opgeknapt,' hoort Aurea Elise zeggen.

'Het lijkt me het beste als jij een beetje voor haar zorgt. Ze lijkt jou te vertrouwen,' antwoordt Bob. Hij loopt bij de box vandaan en komt terug met een karretje waarop twee blauwe tonnen staan. Alle paarden en pony's krijgen uit de tonnen één of meerdere scheppen. Bob gooit de inhoud in een bak die in elke box aan de muur hangt.

Ook bij Aurea vult hij de bak. Ze kijkt wantrouwend wat erin ligt: bruine brokjes en haver. Aurea ziet dat de andere paarden ervan eten, maar zij geeft de voorkeur aan het hooi dat in een andere hoek van de stal ligt. Als ze haar neus erin steekt, slaakt ze een zucht van verlichting. Het ruikt naar een zomerse weide en er zit geen stof in. Als ze een paar hapjes heeft genomen, kijkt ze zoekend om zich heen. Hé, geen wateremmer? In een hoek van de box hangt wel een klein zwart bakje met een beetje water erin. Aurea neemt een slokje. Het smaakt goed en het is lekker fris. Als ze het bakje bijna leeg heeft gedronken, begint er plotseling water in te stromen. Geschrokken springt Aurea achteruit.

Bob, die de paarden voor in de stal voert, kijkt op. Als hij ziet waarvan Aurea geschrokken is, begint hij te lachen. 'De palomino heeft de drinkbak gevonden,' zegt hij tegen Elise.

Voorzichtig komt Aurea dichterbij. Dus dat is de drinkbak. Hij is nu weer vol en ze neemt nog een slokje. Daarna gaat ze terug naar het hooi en eet alles tot het laatste sprietje op.

Bob en Elise werpen een laatste blik op de pony's en verlaten dan de stal. Bob doet het licht uit.

Het is stil in de stal. Langzaam wordt het donker. Aurea staat midden in haar box. Ze merkt dat ze ontzettend moe is, maar ze durft toch niet te gaan slapen. Alert kijkt ze om zich heen. Een uur lang luistert ze naar de zachte geluiden in de stal. Er gebeurt niets. Eindelijk zakken haar ogen langzaam dicht. Als het helemaal donker is, besluit Aurea dat het veilig is om te gaan liggen. Ze laat zich in het stro zakken. De box is ruim genoeg om languit te kunnen liggen. Aurea strekt zich helemaal uit en valt in een diepe, droomloze slaap.

14

Aurea maakt kennis met Winston

De volgende ochtend wordt Aurea wakker doordat een zonnestraaltje in haar neus kriebelt. Ze knijpt haar ogen stijf dicht om nog even van het gevoel te genieten. Als dit een droom is, wil ik nog niet wakker worden, denkt ze. Pas als het tot haar doordringt dat ze niet droomt, doet ze voorzichtig één oog open. Ze kijkt om zich heen en weet het opeens allemaal weer. De bootreis, Tania en haar buikpijn en de aankomst bij de stal van Bob en Elise.

Ergens voor in de stal gaat een deur open, die vervolgens met een klap weer dichtslaat. Aurea schrikt ervan en springt op. Het paard dat in de box naast haar staat, is niet geschrokken. Het grote bruine dier hinnikt laag en kijkt verwachtingsvol in de richting van de deur. Nieuwsgierig kijkt Aurea in dezelfde richting.

'Goedemorgen, allemaal,' roept een vrolijke stem.

Voor alle paarden blijkt dat het teken om enthousiast terug te hinniken. Het frisse gezicht van Elise verschijnt voor de deur van Aurea's box. 'Dag meisje, heb je lekker geslapen?' zegt ze zacht.

Aurea doet snel een stapje achteruit.

Elise lacht. 'Wat ben je toch verlegen. Daar moeten we echt iets aan doen.'

Elise haalt het voerkarretje weer tevoorschijn en loopt door de gang. Links en rechts schept ze voer in de bakken. Als Elise bij de box van Aurea is aangekomen, kijkt ze in de voerbak. 'Nog niet gegeten. Dat had ik wel verwacht. Pony's uit het reservaat moeten allemaal wennen aan brokjes. Probeer het maar. Je gaat het echt wel lekker vinden.' Elise schept het voer uit de bak en geeft Aurea verse brokjes en haver. Daarna loopt ze door naar het paard naast Aurea, dat bijna niet kan wachten tot hij aan de beurt is.

Als Aurea er zeker van is dat Elise aan de andere kant van de stal is, loopt ze naar de voerbak. Ze houdt haar neus boven de brokjes en snuift. Het ruikt best lekker, denkt ze. Aurea kijkt om zich heen.

Alle paarden eten. Ze ziet dat ook Benjo en Rodeo samen uit hun voerbak eten.

Benjo kijkt op en grijnst naar haar. 'Je moet de haver proberen. Die is echt lekker,' zegt hij met volle mond voordat hij gauw weer met zijn neus in de bak duikt.

Aurea besluit om het te proberen en neemt een hap. De haver is inderdaad heerlijk, maar de bruine brokjes hebben een vreemde smaak. Niet zo lekker. Ze trekt gekke bekken en laat zo veel mogelijk brokjes uit haar mond vallen. Met haar gevoelige lippen zoekt ze vervolgens voorzichtig de gele haverkorrels tussen de brokjes uit en eet die op. De brokjes laat ze liggen.

Het bruine paard in de box naast haar heeft zijn bak al leeg en kijkt nu door de tralies naar Aurea. 'Het is wennen hè, brokjes uit een bak eten,' zegt hij vriendelijk.

Aurea knikt. Ze is verbaasd dat hij dat weet. 'Kom jij ook uit een reservaat?' vraagt ze.

'Nee,' antwoordt hij, 'maar ik heb wel heel wat pony's uit het reservaat hier zien binnenkomen. In het begin vinden ze het allemaal vreemd om brokjes uit een bak te eten. En ze zijn bang voor mensen. Nergens voor nodig, hoor. Mensen zijn over het algemeen best aardig. Elise en Bob in elk geval wel. Ik heet trouwens Winston, Winny voor vrienden.'

'Ik heet Aurea. Hoe kan het dat jij veel pony's uit het reservaat hebt zien binnenkomen? Dit is toch een handelsstal, waar paarden maar kort blijven?'

'Ja, maar ik ben niet te koop. Ik ben het dressuurpaard van Elise. We doen Z2-dressuur,' zegt Winston trots.

Een dressuurpaard. Nikkel heeft haar uitgelegd wat een springpaard is, maar wat een dressuurpaard is, weet Aurea niet. Het woord komt haar wel bekend voor, maar waarvan ook alweer? Opeens schiet het haar te binnen. De veilingmeester zei dat ze aanleg had als dressuurpony. Ze kijkt Winston aan en besluit hem er gewoon naar te vragen. 'Wat is een dressuurpaard precies?'

Winston grinnikt. 'O ja, dat weet je natuurlijk niet. Een dressuurpaard doet oefeningen met een mens op zijn rug.' Winston ziet blijkbaar aan Aurea dat ze het nog niet begrijpt. 'Elise gaat op mijn rug zitten en dan rijden we samen figuren, in stap, draf en galop. Eerst waren dat gemakkelijke figuren, maar ze werden steeds moeilijker. Doordeweeks word ik getraind en in het weekend gaan we naar wedstrijden. Daar moet je in een dressuurproef al die oefeningen laten zien. Wie dat het beste doet, krijgt van de jury de meeste punten en wint de eerste prijs,' legt Winston geduldig uit.

Aurea begrijpt het. 'En is dat leuk?' vraagt ze.

Winston knikt. 'Ja, ik vind het leuk. Soms is het moeilijk, maar Elise is heel geduldig. Ze is heel trots dat we nu al Z2-dressuur kunnen doen. Dat is best hoog. In de dressuursport heb je verschillende klassen. Een dressuurproef bestaat uit een hele reeks oefeningen. Als je voor al die onderdelen gemiddeld een zes haalt, heb je een winstpunt. Bij tien winstpunten mag je een klasse hoger. De oefeningen worden steeds moeilijker,' vertelt hij. 'Als Elise me straks gaat rijden, moet je maar uit het raam kijken. Naast de stal ligt de buitenbak, waar alle paarden getraind worden. Vandaag komt Elises instructeur, Stefan. Die geeft ons één keer in de week les.'

Als Elise even later de stal weer in komt, draagt ze een strakke broek en hoge zwarte laarzen. Over haar schouder hangt een halster. Ze doet de deur van Winstons box open. Winston staat al op haar te wachten en steekt gewillig zijn neus in het halster. Elise klikt er een touw aan vast terwijl ze zacht tegen hem praat. Winston loopt achter haar aan de gang in en wordt op de wasplaats voor in de stal vastgezet. Aurea drukt haar neus tegen de tralies om alles zo goed mogelijk te kunnen volgen.

Winston wordt helemaal geborsteld en als dat klaar is, haalt Elise een vreemd ding uit een kamertje achter de wasplaats.

Waar zou dat voor zijn, vraagt Aurea zich af. Elise legt het ding op Winstons rug en maakt het vast met een riem die ze onder zijn buik door haalt. Opnieuw loopt ze het kamertje in en deze keer komt ze terug met iets wat wel wat lijkt op een halster, maar dan ingewikkelder. Bovendien zitten er ijzeren stangen aan. Elise doet het halster bij Winston af. Aurea ziet dat de bruine hengst de beide ijzeren dingen in zijn mond krijgt en dat Elise daarna de leren riempjes over zijn oren schuift. Ze maakt nog een paar riempjes vast en dan is het rare halster klaar. Daarna krijgt Winston iets om zijn benen gewikkeld. Ten slotte zet Elise een soort zwarte pet op haar hoofd en neemt Winston mee naar buiten.

Snel draait Aurea zich om naar het raam. Ze wil niets missen! Buiten ziet ze Winston de bak in lopen. Elise gaat links naast hem staan en klopt hem op zijn hals. Ze zet haar linkervoet in een soort beugel die aan het ding op zijn rug hangt, zet zich met haar rechtervoet af, springt omhoog en zwaait haar rechterbeen over Winstons rug.

Aurea houdt haar adem in.

Zachtjes gaat Elise zitten en met haar rechtervoet zoekt ze de rechterbeugel. Winston is heel stil blijven staan. Aurea ziet dat Elise haar benen tegen Winston aan drukt en dat hij daarop de bak rond begint te stappen. Blijkbaar vindt de bruine ruin het helemaal niet erg.

Aurea laat haar adem weer ontsnappen. Natuurlijk heeft ze al vaak gehoord over paarden met mensen op hun rug, maar dit is de eerste keer dat ze het voor haar ogen ziet gebeuren.

Er stapt aan de zijkant iemand de bak in. Dat moet Stefan

zijn, denkt Aurea. Stefan is een lange, magere jongen, met golvend halflang blond haar. Hij draagt ook een strakke broek, maar in plaats van laarzen heeft hij stevige schoenen aan.

Aurea kan niet horen wat er in de bak gezegd wordt, maar ze kijkt vol bewondering naar Winston en Elise. Eerst doen ze wat eenvoudige oefeningen, maar naarmate de les vordert, worden de oefeningen steeds ingewikkelder. Het is alsof Elise en Winston samen dansen. Winston maakt op aanwijzing van Stefan en Elise grote passen en kleine passen, soms rechtuit, dan weer opzij. Aurea geniet met volle teugen van de show.

Als het uur voorbij is en Winston nog even aan de lange teugel heeft mogen stappen, komen Stefan, Elise en Winston de stal weer binnen. Aurea is zo opgetogen dat ze hardop juicht als Winston door de deur komt.

Elise begint te lachen. 'Hoor je dat, Winny, die kleine merrie heeft je nu al in haar hart gesloten.' Ze zet Winston weer op de wasplaats en haalt het ding van zijn rug. Met een spons neemt ze het zweet af. Daarna doet ze een bak met rode lampen aan, die boven de wasplaats hangt.

Blijkbaar is het lekker warm daaronder, want Winston geniet er zichtbaar van. Intussen kletst Elise wat met Stefan. Als Winston droog is, krijgt hij een deken op en brengt Elise hem terug naar zijn stal.

'Hier is je vriendje weer,' zegt ze tegen Aurea.

Stefan is achter Elise aan gelopen en kijkt naar Aurea. 'Wie is deze dame?' vraagt hij aan Elise.

'Dat is een van de pony's die Bob een paar weken geleden in Engeland op de veiling heeft gekocht. Over deze palomino was hij heel enthousiast. Ze schijnt geweldig te kunnen bewegen en ze komt uit een familie van heel goede springpony's. Gisteren zijn ze pas aangekomen. In de tussentijd hebben ze bij een boer gestaan en die heeft niet zo best voor ze gezorgd. Eentje kreeg onderweg op de boot koliek. Die staat nog bij dokter Van der Wiel, maar het gaat goed met haar,' vertelt Elise.

Aurea spitst haar oren. Het gaat goed met Tania! Dat is geweldig nieuws.

Stefan en Elise lopen samen weg.

Aurea kijkt vol respect naar Winston. 'Wat kun jij goed dansen,' zucht ze.

Winston straalt van trots.

15

Meelopen aan een touw

Als Stefan vertrekt, komt Elise terug naar de stal. In de uren daarna haalt ze verscheidene paarden uit hun box om ze te verzorgen en te trainen. Aurea staat bijna de hele middag voor het raam. Sommige paarden lopen aan een lange lijn rondjes om Elise heen. Dat heet longeren, vertelt Winston haar. Andere paarden worden door Elise bereden. Het ding dat op hun rug ligt, heet een zadel, weet Aurea nu. Sommige paarden kunnen net als Winston kunstjes, maar geen van hen kan zo mooi dansen als hij, vindt Aurea.

'Ze zijn nog groen,' merkt Winston op.

Aurea kijkt hem niet-begrijpend aan. 'Hoezo groen? Ik zie alleen maar bruine paarden en vossen.'

Winston lacht. 'Niet van kleur! Groen betekent dat ze nog niet veel ervaring hebben.'

Rond het middaguur komt Bob de stal in en deelt dikke plakken hooi uit. Aurea eet de plak helemaal op. Het is stil in de stal. De paarden staan rustig wat te knabbelen of kijken een beetje rond.

Voor het eerst sinds weken kan Aurea zich weer een beetje

ontspannen. Het rommelende gevoel in haar maag is weg en ze weet dat het met Tania de goede kant op gaat. De onzekerheid over haar lot is wat naar de achtergrond geraakt. Voorlopig eerst maar eens genieten van de situatie zoals die is. Ze heeft een fijn bed, het is licht en fris in de stal, haar buik is rond en ze heeft vriendschap gesloten met Winston. Bob en Elise lijken mensen van het goede soort.

’s Middags komt Elise opnieuw de stal in. Nu draagt ze weer een gewone broek en schoenen. In haar hand heeft ze een touw. Haar paardenstaart wipt op en neer als ze met energieke passen op de box van Aurea af loopt. Voor de deur staat ze stil. Ze steekt haar hand in haar zak en haalt daar iets uit. Een appel! Net als bij Peter, denkt Aurea. Elise doet de deur open en stapt naar binnen. Ze trekt de deur achter zich dicht, maar schuift de knip er niet op.

Aurea kijkt haar wantrouwend aan, maar blijft stilstaan.

Elise praat zachtjes tegen haar. ‘Kom maar, schoonheid. Kijk eens wat een lekkere appel!’

Dat komt Aurea bekend voor. Dat zei Peter destijds ook tegen Atos om hem te lokken. Aurea twijfelt. Elise is wel lief, maar Aurea is toch bang. Bang voor wat er volgt. Toch doet ze een stapje naar voren. Appel moet heel lekker zijn. Ze rekt haar hals naar de uitgestoken hand van Elise. Ze maakt haar bovenlip lang en probeert de appel te pakken. Voorzichtig neemt ze een klein hapje. Dat is echt lekker!

‘Goed zo, braaf,’ moedigt Elise haar aan.

Aurea doet nog een stapje naar voren. Maar als Elise haar

andere hand met het touw naar het halster van Aurea brengt, deinst de merrie achteruit.

Winston kijkt vanuit zijn box toe. 'Niet bang zijn, Aurea. Elise zal je nooit pijn doen,' verzekert hij haar.

Aurea zucht diep en neemt een besluit. Als ze zich toch aan iemand moet overgeven, dan maar aan Elise. Ze doet weer een stap naar voren en blijft deze keer stilstaan als Elise voorzichtig het touw aan haar halster vastmaakt.

'Braaf meisje.' Elise geeft Aurea de rest van de appel.

'Goed zo!' zegt Winston.

Maar het voelt helemaal niet goed. Het zweet breekt Aurea uit. Ze heeft me vast, flitst het door haar heen. Ze ziet opeens weer voor zich hoe de twee mannen haar terugvoerden naar de kraal na haar sprong over het hek. Opnieuw voelt ze de brandende pijn in haar been. Aurea schudt met haar hoofd.

'Rustig maar,' zegt Elise geruststellend. 'Niets aan de hand. Er gebeurt niets.'

Dat brengt Aurea terug naar het heden. Ze laat haar hoofd zakken.

'Arm klein ding,' zegt Elise zacht. 'Wat is er toch met je gebeurd? Wat hebben ze met je gedaan? Hoe ben je zo bang geworden?' Ze gaat op haar hurken zitten en maakt zich klein.

Zo ziet Elise er een stuk minder gevaarlijk uit, vindt Aurea. Ze doet een stapje dichterbij en snuffelt voorzichtig aan Elises handen.

Heel zacht raakt Elise haar neus aan. 'Dit wordt moeilijker dan ik dacht,' zucht ze.

Aurea vindt de zachte hand van Elise op haar neus een fijn gevoel, maar desondanks bonkt haar hart als een razende.

Langzaam laat Elise haar hand over het hoofd van de merrie omhoogglijden.

Zo is het genoeg, denkt Aurea en ze kijkt Elise indringend aan.

Elise lijkt haar te begrijpen en laat haar hand snel weer zakken. Heel langzaam richt ze zich op. Als ze rechtop staat, doet ze een stapje achteruit. 'Kom maar mee,' zegt ze en ze doet nog een stapje achteruit.

Opeens herinnert Aurea zich dat Nikkel haar vertelde dat hij moest leren om aan een touw mee te lopen met een mens. 'Moet ik met haar meelopen?' vraagt ze aan Winston.

Die knikt. 'Ja, dat is de bedoeling. Denk je dat je dat durft?'

Aurea denkt even na. Ik ben een dappere pony van de vlakte, schiet door haar hoofd. 'Ja, dat durf ik wel,' zegt ze dan. Trots doet ze haar hoofd omhoog.

'Dat lijkt er meer op,' glimlacht Elise.

Al snel stapt Aurea keurig naast Elise door haar box. Ze zorgt ervoor dat het touw geen moment strak komt te staan. Als Elise stopt, stopt Aurea ook.

'Dat heb je snel geleerd!' zegt Elise blij. Ze steekt haar hand uit naar Aurea's hals.

Daar schrikt Aurea zo van dat ze gauw een stap opzij doet.

Langzaam trekt Elise haar hand weer terug. Ze maakt het touw voorzichtig los. Aurea is weer vrij, maar ze blijft toch rustig staan.

'Einde eerste les. Morgen gaan we weer verder,' zegt Elise.

Daarna loopt ze de box uit en doet de deur achter zich dicht.

Aurea kijkt naar Winston.

'Dat ging al best goed,' zegt hij.

Aurea knikt. Ze is doodop. Het stappen aan een touw was natuurlijk niet zo zwaar, maar de spanning heeft Aurea afgemat. Vermoeid valt ze al snel in een diepe slaap.

16

Een poetsbeurt

De volgende dag neemt Elise Aurea mee de gang in. Op de wasplaats zet ze Aurea vast aan de ketting die aan de muur hangt. Als Elise een stap achteruit doet, wil Aurea haar volgen. Maar dat gaat niet; de ketting staat strak. Even raakt Aurea in paniek. Ze gaat met haar volle gewicht aan de ketting hangen, maar al snel merkt ze dat dat geen zin heeft. De merrie zorgt er daarna angstvallig voor dat ze heel stil blijft staan. Vanuit haar ooghoeken ziet ze dat Elise even wegloopt en terugkomt met een emmer. In die emmer zitten harige dingen. Aurea heeft de vorige dag gezien dat Elise de andere paarden daarmee schoonmaakte en ze begrijpt dat het nu haar beurt is.

'Zo, maar eens kijken of we wat van het vuil van jouw huid kunnen krijgen. Tjonge, wat ben jij smerig. Dat kan toch niet prettig zijn.' Elise zet de emmer met borstels naast Aurea op de grond en pakt er een grote zachte borstel uit. Voorzichtig zet ze de borstel achter Aurea's oren en strijkt ermee over haar hals.

Aurea hinnikt zacht en schudt haar hoofd. Dat kriebelt! Ze vindt het wel een beetje een eng idee dat een mens overal aan haar zit, maar Elise doet heel voorzichtig en het gevoel van de zachte borstel op haar huid is heerlijk. Nu pas merkt Aurea dat ze eigenlijk overal jeuk heeft!

Na een tijdje legt Elise de zachte borstel weg en pakt een rubberen roskam uit de emmer. Daarmee draait ze stevig rondjes tegen de haren in.

Aurea geniet ervan. Het voelt aan als een heerlijke massage. Als Elise op een plaats komt waar Aurea jeuk heeft, schurkt de pony zich tegen de borstel aan. Vuil en oude haren komen los en vliegen rond.

Elise klopt de borstel steeds uit op de grond. 'Lekker, hè meisje,' zegt ze. Langzaam werkt ze steeds verder in de richting van Aurea's staart. Op een gegeven moment stopt ze even en slaakt een kreetje van verbazing. Ze trekt voorzichtig iets los en als Aurea achterom kijkt, ziet ze dat Elise de sticker van de veiling in haar hand heeft. De sticker zit onder het vuil. Er zijn wat haren meegekomen, maar het deed niet echt pijn.

Met een ruime boog loopt Elise achter Aurea langs en dan begint ze aan haar andere kant te borstelen. Als al het vuil losgemaakt is, neemt Elise opnieuw de zachte borstel en poetst daarmee het vuil weg. Langzaam komt er weer glans op Aurea's lichaam.

Vervolgens behandelt Elise met een harde borstel haar manen en heel voorzichtig ook haar staart. 'Je hebt een prachtige volle staart, maar die zal ik moeten wassen om hem weer echt schoon te krijgen. Dat komt nog wel een keer,' praat Elise tegen Aurea.

Tot slot neemt ze een klein zacht borsteltje uit de emmer.

Daarmee gaat ze heel voorzichtig over Aurea's hoofd.

Aurea vindt het een beetje griezelig, zo dicht bij haar ogen en oren, maar nu ze zo ontspannen is, laat ze het toe.

Als Elise helemaal klaar is, doet ze een paar stappen achteruit om naar Aurea te kunnen kijken.

De deur gaat open en Bob komt binnen. 'Zo, die is opgeknapt,' zegt hij vrolijk.

Elise knikt. 'Goed dat je er bent, Bob. Ik wil haar even aan een touwtje mee naar buiten nemen.'

Bob knikt. 'Ik zal je wel helpen. Eigenlijk kwam ik je vertellen dat we de andere pony op kunnen halen. Van der Wiel belde net. Ze is weer gezond.'

Aurea spitst haar oren. Dus Tania is weer beter! Dat is goed nieuws.

De Vries vertelt verder: 'De rekening van de behandeling hoeven we trouwens niet te betalen. Dat verrekenen we met de verkoopprijs, want Van der Wiel heeft haar gekocht voor zijn dochter, Mandy. Die is helemaal idolaat van die pony.'

Aurea schrikt. Betekent dat dat ze Tania niet meer terugziet? Maar De Vries had het er toch over dat hij de andere pony ging ophalen?

'Mooi,' zegt Elise. 'Dat is een goed adres. Maar waarom ga je haar dan ophalen?'

'Omdat ze alles nog moet leren en dat willen ze graag aan jou overlaten.'

'O, goed. Kan ik ze mooi allebei tegelijk beleren.' Elise klikt voorzichtig het touw weer vast aan het halster van Aurea en maakt daarna de ketting los.

Aurea slaakt een zucht. Dus Tania komt in ieder geval een tijdje terug. Zo lang Aurea niet weet waar ze zelf terecht zal komen, vindt ze het prettig om haar vriendin in de buurt te hebben.

Bob doet de deur van de stal open en Elise neemt Aurea mee naar de deur.

Als de merrie voor de drempel twijfelt, gaat Bob schuin achter haar staan en roept: 'Voorwaarts!'

Aurea schrikt van zijn plotselinge luide stem en neemt een grote sprong over de drempel. Voor het eerst sinds een paar dagen staat ze weer buiten. Ze blijft staan met haar hoofd in de lucht. Vluchtig kijkt ze om zich heen.

Links naast de stal ligt de bak. Die kant kan Aurea vanuit haar box zien. Rechts staat het huis van Bob en Elise en tussen het huis en de stal ligt een flinke wei, met een houten omheining. Aurea weet dat de meeste paarden elke dag een paar uurtjes in die wei lopen. Voor het huis langs loopt de weg. Op het erf staan een blauwe auto en de vrachtwagen waarmee ze gekomen zijn.

Elise neemt Aurea mee aan het touw en Bob blijft half achter de merrie lopen, tot ze in de bak zijn. Bob doet het hek achter hen dicht en blijft zelf buiten staan. Met één voet op het hek en zijn armen op de bovenkant kijkt hij toe, terwijl Elise rustig met Aurea door de bak stapt.

Na een kwartiertje stappen brengen ze Aurea terug naar de stal. Elise loopt met haar de box in, terwijl Bob in de gang blijft staan.

'Zal ik haar halster afdoen?' vraagt Elise.

Bob schudt zijn hoofd. 'Doe nog maar niet. Als ze niet toelaat dat je het weer omdoet, heb je een probleem.'

'Denk je dat ze al een keer in de wei kan? Het zou voor haar fijn zijn om haar benen te kunnen strekken,' meent Elise.

'Misschien samen met die andere merrie. We zullen kijken hoe dat gaat.'

Elise aait Aurea nog een keer over haar neus en stapt dan de box uit.

'Als ik nu toch met de vrachtwagen rij, kan ik ook meteen die twee jaarling hengstjes wegbrengen,' bedenkt Bob.

In de box naast die van Aurea komen twee hoofdjes omhoog. Ze ziet dat Benjo en Rodeo hun oren spitsen.

'Ik heb De Zwart van het opfokbedrijf gebeld,' vertelt Bob. 'Hij had nog wel plaats voor twee hengstjes. Ze komen daar in een grote groep met allemaal jaarling hengsten. Overdag lopen ze buiten en 's nachts staan ze samen in een grote stal. Ideaal voor dat jonge grut. Ze voeden elkaar mooi op en ze kunnen daar het hele jaar blijven. Als ze drie jaar worden, halen we ze weer op.'

Aurea ziet dat Benjo en Rodeo elkaar enthousiast toeknikken. Dat klinkt inderdaad goed. Die jonge hengsten waren het vast wel zat om opgesloten te zitten.

'Goed idee,' zegt Elise. 'En die merrie van Van der Wiel kan mooi in hun box.'

Bob zet de vrachtwagen weer met de klep in de deuropening van de stal. Elise laat Benjo en Rodeo los en drijft ze naar de vrachtwagen. De jonge hengsten lopen gewillig naar binnen.

Bob sluit ze op achter de schotten en doet dan de klep dicht.

Als de vrachtwagen wordt gestart, hinniken Benjo en Rodeo nog één keer naar Aurea als afscheid. Dan rijdt de auto weg.

Aurea kijkt sip.

Winston ziet het. 'Kop op!' zegt hij tegen Aurea. 'Straks brengt Bob je vriendinnetje mee.'

Even lichten de ogen van Aurea op, maar meteen is ze weer verdrietig. 'Ach, hoe lang zal ze blijven? Bob heeft haar verkocht aan Van der Wiel. Tania komt hier alleen maar omdat zijn dochter Mandy nog niet op haar kan rijden. Dat moet Elise haar leren, maar daarna gaat ze weer weg.'

'Ach joh,' zegt Winston, 'misschien word jij wel eerder verkocht dan dat Tania teruggaat naar Van der Wiel. Door het poetsen zie je er zo mooi uit. Er komt vast snel iemand die jou wil hebben.'

Aurea weet dat Winston het goed bedoelt, maar bij de gedachte alleen al loopt er een rilling over haar rug.

17

Tania is terug

Een paar uur later hoort Aurea de vrachtwagen terugkomen. Ingespannen probeert ze te luisteren naar wat er buiten gebeurt. De motor wordt uitgezet en aan het zachte piepen van de scharnieren hoort ze dat de klep opengaat. Hoefjes klinken op de klep en vervolgens op het erf. De deur gaat open en daar is ze. Bob brengt Tania netjes aan een touw de stal binnen.

Zodra de kleine bruine merrie Aurea ziet, begint ze hard te hinniken.

Aurea hinnikt blij terug. Tania is nog net zo mager als toen Aurea haar voor het laatst zag, maar haar vacht glimt en haar ogen staan weer helder.

Bob brengt haar naar de box waar Rodeo en Benjo in stonden. Die is door Elise schoongemaakt en voorzien van een nieuwe dikke laag stro. Tot verbazing van Aurea doet Bob bij Tania wel het halster af. Tania blijft rustig staan. Bob klopt haar even op haar hals en loopt daarna haar box uit.

De vriendinnen hebben alleen oog voor elkaar. Tussen de tralies die de boxen van elkaar scheiden, drukken ze hun neuzen tegen elkaar. Wat hebben ze elkaar gemist! Eerst zeggen ze helemaal niets, maar dan beginnen ze tegelijkertijd te praten. Allebei houden ze direct weer op en schieten in de lach.

'Vertel jij eerst maar. Ik ben zo benieuwd wat je hebt meegemaakt!' zegt Aurea.

'Eerst was het natuurlijk allemaal niet zo leuk,' vertelt Tania. 'Ik was zo bang toen ze me mee de kliniek in namen! De dokter gaf me een prik en toen werd ik een beetje suf. Bob en dokter Van der Wiel zetten me in een heel smal hokje. Daarin kon ik me bijna niet bewegen. Zo kon de dokter me beter onderzoeken, zei hij. Mijn darmen bleken verstopt te zitten. Ik kreeg een slang in mijn neus en daar deden ze een trechter op. In die trechter deden ze een goedje dat die verstopping moest oplossen. Daarna staken ze een naald in mijn hals en daaraan werd een slangetje vastgemaakt, dat naar een zak met water liep. Die zak hingen ze boven mijn hoofd aan het smalle hokje. Dat heet een infuus.' Tania kijkt er zo eigenwijs bij, dat Aurea ondanks dat ze rilt van het verhaal, bijna moet lachen.

'Verschrikkelijk,' zucht ze.

'Maar het hielp wel,' vertelt Tania. 'Na een paar uur voelde ik me al wat beter en mocht ik naar de stal. Kort daarna kreeg ik bezoek van Mandy, de dochter van dokter Van der Wiel. Ze aaide heel zacht over mijn neus en zei allemaal lieve dingen. Ik vond haar helemaal niet eng. Gisteren knapte ik verder op. Mandy kwam na school bij me kijken. In het begin bleef dokter Van der Wiel erbij, maar hij merkte al snel dat ik Mandy heel lief vond en dat ik haar niets zou doen. Ze knuffelde me en ze heeft me al een heleboel geleerd: aan een touw lopen, halster aan- en afdoen en stilstaan. Mandy heeft me geborsteld en als ik een voor een mijn voeten optil, maakt ze mijn hoef met een krabbertje schoon,' vertelt Tania trots.

Aurea is onder de indruk. Tania is duidelijk gek op Mandy. Als ze het over het meisje heeft, twinkelen haar ogen. Aurea is een beetje jaloers, maar ook is ze blij voor haar vriendin. 'Ik hoorde dat dokter Van der Wiel jou voor Mandy heeft gekocht en dat je hier alleen bent gekomen omdat Elise je moet leren wat het is om iemand op je rug te hebben,' zegt ze.

Tania knikt. 'Ja. Ik zal Mandy de komende maanden best missen, maar ze heeft beloofd dat ze elk weekend komt kijken hoe het gaat.'

Dan is het Aurea's beurt om over haar belevenissen van de afgelopen dagen te vertellen. Over de aankomst, Elise, de lessen, het vertrek van Rodeo en Benjo en natuurlijk over haar nieuwe vriend Winston, die Tania met een zacht gehinnik begroet.

In de week die volgt, leren Aurea en Tania elke dag iets nieuws van Elise. Ze moeten niet alleen netjes aan een touw naast haar stappen, maar ook op commando in draf naast haar lopen. Tania vindt het een leuk spelletje, maar Aurea heeft er moeite mee. Ze is zo bang dat het touw strak komt te staan, dat ze zich nauwelijks kan ontspannen.

Ze krijgen ook voor het eerst een hoofdstel om. Winston heeft Aurea verteld over het ingewikkelde halster met stangen, dat een hoofdstel blijkt te heten.

Elise laat het halster eronder zitten. Beide merries moeten

enorm wennen aan het koude ijzer, het bit, dat Elise voorzichtig in hun mond schuift. Vooral Aurea heeft er problemen mee. Ze vindt het ook heel naar dat het hoofdstel over haar oren moet. Ze schudt zo hard ze kan met haar hoofd heen en weer en maakt zich zo groot mogelijk. Pas na een hele tijd heeft Elise het voor elkaar.

In de loop van de dagen merkt Aurea dat Tania sneller vooruitgaat dan zij.

Op een ochtend mogen Aurea en Tania voor het eerst naar de wei. Bob neemt Tania mee naar buiten en Elise volgt hen met Aurea. In de wei laten ze de beide pony's tegelijk los. Aurea en Tania stuiven weg. Eindelijk weer even helemaal vrij. Wild bokkend rennen ze in het rond en de kluiten aarde vliegen door de lucht.

Bob en Elise blijven nog even staan kijken bij het hek. Als Tania en Aurea zijn uitgebokt, gaan ze rustig grazen.

'Ik hoop maar dat we ze straks weer kunnen pakken. Die bruine zal wel niet veel problemen geven, maar die palomino is een ander verhaal,' bromt Bob.

'Ze is slim en doet wel haar best, maar ze blijft op afstand,' zucht Elise.

Ze lopen terug naar de stal.

Na een paar uur ziet Aurea Bob en Elise weer naar de wei komen. Het is inmiddels bewolkt geworden.

Ze kijkt Tania aan. 'Heb jij al zin om naar binnen te gaan?' Ze houdt haar hoofd een beetje scheef. 'Of zullen we kijken of we net als bij Eric Barnes buiten kunnen blijven?'

Tania kijkt Aurea geschrokken aan. 'Ben je mal? We krijgen straks brokjes en haver, en ik heb honger. Bovendien kan Mandy vandaag wel komen.' Ze loopt naar het hek.

Aurea kijkt Tania na. Die heeft zich gemakkelijk aangepast, denkt ze.

Tania kijkt achterom. 'Als je je niet laat vangen, kan het zijn dat je voorlopig niet meer naar buiten mag,' waarschuwt ze.

Tania heeft gelijk, bedenkt Aurea met een zucht. Ze stapt achter haar aan en blijft rustig staan als Elise naar haar toe komt.

Uit haar zak haalt Elise iets lekkers. Dat geeft ze aan Aurea terwijl ze het touw vastmaakt. 'Braaf,' zegt ze een beetje verrast.

Aurea en Tania gaan terug naar binnen en Bob voert hooi. Als alle paarden lekker aan het knabbelen zijn, gaat de deur van de stal weer open. Een man en een meisje komen binnen. Aurea herkent de man direct. Het is dokter Van der Wiel. Dan moet het meisje dat naast hem huppelt wel Mandy zijn.

Tania ziet haar ook en hinnikt uitgelaten.

Mandy kijkt waar het gehinnik vandaan komt en krijgt Tania in het oog. Ze laat de hand van haar vader los en rent door het gangpad naar de stal van Tania. Haar krullen, die bijna dezelfde kleur hebben als de vacht van Tania, dansen om haar hoofd. 'Melodie, daar ben je! Ik heb je zo gemist,' roept ze. Ze rukt de deur van de box open en slaat haar armen om Tania's hals.

'Melodie?' vraagt Aurea.

'Ja, zo heet ik op papier. Boshoeves Melodie. Mandy vond

dat wel een mooie naam. Het klinkt ook zo leuk, Mandy en Melodie,' zegt Tania terwijl ze de omhelzing van Mandy rustig ondergaat.

Inmiddels is dokter Van der Wiel ook bij de boxen van de pony's aangekomen. Hij kijkt even naar zijn dochter en Tania. Daarna richt hij zijn blik op Aurea, die direct een paar passen achteruit doet.

Elise komt ook aanlopen. Ze geeft dokter Van der Wiel een hand en vertelt in het kort over de vorderingen van Tania. 'Je pony heeft vanmorgen in de wei gelopen. Wil je haar even borstelen?' vraagt Elise aan Mandy.

Mandy knikt opgetogen en Elise haalt Tania's halster. Mandy neemt Tania mee naar de wasplaats en zet haar vast aan de ketting. Elise geeft haar een paar borstels en de hoevenkrabber. Ze kijkt even toe terwijl Mandy aan de slag gaat. Daarna draait ze zich om naar dokter Van der Wiel. 'Nu je hier toch bent, kun je misschien even naar het been van die andere pony kijken. Ik geloof wel dat het de goede kant op gaat, maar het is nog steeds een beetje dik.' Elise pakt een touw en loopt naar Aurea toe. Ze maakt de lijn vast aan het halster en de dokter stapt de box in.

Van der Wiel legt zijn hand op Aurea's rug. De merrie bibbert, maar de dokter blijft heel rustig. Langzaam laat hij zijn hand over haar rug in de richting van haar staart glijden en daarna over haar bil naar haar been. Hij pakt haar been vast en betast het aan alle kanten. Als hij klaar is, laat hij haar los en komt weer overeind. 'Het lijkt wel mee te vallen. Bob vertelde laatst dat ze nooit kreupel is geweest aan dat been en dat is een gunstig teken. Het is in elk geval al veel dunner dan toen hij Melodie kwam brengen. Ze ziet er trouwens helemaal een stuk beter uit. Ik verwacht dat het wel in orde komt. Zeker als je haar elke dag beweging geeft.'

Elise kijkt opgelucht en ook Aurea is blij met het goede nieuws. De dokter stapt de box uit.

Elise maakt het halster bij Aurea los en laat het van de neus van de merrie glijden. 'Ach, wat stom,' zegt ze opeens. 'Nou ja, het moet zo langzamerhand ook wel een keer kunnen.'

Aurea heeft goed naar Tania gekeken. Ze dwingt zichzelf rustig te blijven staan en zich niet direct van Elise af te draaien. Daarmee verbaast ze Elise opnieuw.

Zacht geeft Elise haar nog een klopje. 'Je hebt vandaag veel geleerd. Het komt vast allemaal wel goed. Je hebt alleen wat meer tijd nodig,' zegt ze.

Aurea is het helemaal met haar eens. Het komt allemaal best goed. Als ze haar de tijd maar geven.

18

Voor het eerst longeren

De winter in Nederland lijkt op die in Engeland. Af en toe sneeuwt het, soms vriest het, maar er valt vooral veel regen. De training staat daardoor wekenlang op een laag pitje. Elise heeft Tania geleerd aan de longe te lopen. Aurea is daar nog niet aan toe. Zij stapt en draaft nog steeds alleen aan de hand. Daarnaast mogen de beide pony's nu elke dag een paar uurtjes in de wei. Ze hebben allebei een flink pak haar en door de goede verzorging zijn ze een stuk dikker geworden. Aurea's geblesseerde achterbeen is nagenoeg genezen en ook aan Tania kun je bijna niet meer zien dat ze ziek is geweest.

Als de winter overgaat in de lente, zijn de twee merries uitgegroeid tot prachtige volwassen pony's. De dagen worden langer en de temperatuur stijgt. Het dikke winterhaar maakt plaats voor een gladde zomervacht.

Op een ochtend wordt Aurea gewekt door het geluid van zingende vogeltjes. De merrie rekt zich uitgebreid uit en kijkt naar buiten. Vlak voor het raam zit een roodborstje op zijn gemak een liedje te fluiten. Af en toe poetst hij met zijn snavel zijn verenpak. Het gras is weer groen en het lentezonnetje geeft al flink wat warmte. Het bezorgt Aurea een gelukkig gevoel.

Elise is bezig met het verdelen van het voer. Zij fluit ook al. Als ze bij de boxen van Tania en Aurea komt, zegt ze opgewekt tegen de merries: 'Goed eten, dames, want vandaag gaan we de training weer serieus oppakken. Geen gelanterfant meer. Aan het werk!'

Tania straalt. 'Geweldig! Nu zal het vast niet lang meer duren voordat ik terugga naar Mandy. Haar wekelijkse bezoekjes zijn fijn, maar ik ben toch het liefst elke dag bij haar,' zegt ze, waarna ze hongerig met haar snuit in de voerbak duikt.

Het doet Aurea pijn dat haar vriendin schijnbaar niet kan wachten om afscheid van haar te nemen, maar ze besluit er niets van te zeggen. Ook zij steekt haar neus in de voerbak, maar ze eet met lange tanden.

Een uurtje later komt Elise terug. Ze doet de deur van Aurea's box open. Het omdoen van het halster is een dagelijks ritueel geworden. Aurea is eraan gewend en steekt zonder aarzelen haar neus in het halster.

Elise neemt Aurea mee en zet haar op de wasplaats vast met de ketting. 'Eerst maar even lekker poetsen en daarna zal ik jou eens leren wat longeren is.' Elise pakt een roskam en neemt de pony stevig onder handen.

Aurea geniet ervan. De laatste winterharen dwarrelen op de grond.

Met een zachte borstel poetst Elise haar daarna tot ze over haar hele lichaam glanst. Elise stapt achteruit om het resultaat te bewonderen. 'Wat ben je toch een prachtige pony. Je glanst alsof je van goud bent. Trouwens, nu ik je ga longeren, moet ik een andere naam voor je verzinnen. Zonnestraaltje is te lang om je mee aan te spreken en ik vind het ook geen mooie naam. Het moet iets zijn wat bij jou past. Eens even denken.' Elise fronst haar voorhoofd en kijkt peinzend voor zich uit. 'Goud, het moet iets met goud zijn. Goldy is te gewoontjes. Het moet een beetje chic zijn. Aurum, dat is het Latijnse woord voor goud, maar dat past niet zo goed bij een merrie. Hmmm, misschien Aura? Of nee, Aurea! Ja, dat is een goede naam,' zegt Elise beslist. Ze houdt haar hoofd scheef en kijkt Aurea aan. 'Vind je ook niet?' vraagt ze.

Aurea staat met haar oren te klapperen. Hoort ze dat goed? Wil Elise haar echt Aurea noemen? Enthousiast knikt Aurea met haar hoofd.

Elise lacht. 'Wat ben je toch een bijzondere pony. Ik zou bijna nog gaan geloven dat je me begrijpt. Nou, Aurea moet het maar worden.' Ze brengt de borstels weg en haalt het hoofdstel en een longeerlijn op. Ze steekt haar duim en wijsvinger in Aurea's mondhoeken, waardoor ze het bit gemakkelijk in de mond van de merrie kan schuiven. Nu komt het moeilijkste: het kopstuk moet over de oren van Aurea. Elise praat zacht, terwijl ze het reepje leer snel over de oren van de pony schuift.

In het begin deed Aurea haar hoofd altijd zo ver mogelijk omhoog als Elise het hoofdstel probeerde om te doen, maar inmiddels heeft ze wel geleerd dat het daar alleen maar erger van wordt. Het gaat gemakkelijker en sneller als ze haar hoofd laat zakken, dus dat doet ze.

‘Goed zo! Het gaat steeds een beetje beter,’ prijst Elise haar, terwijl ze de riempjes van het hoofdstel vastmaakt.

Daarna krijgt Aurea peesbeschermers om haar voorbenen. Dat zijn de dingen die ze die eerste dag ook bij Winston heeft gezien. Aurea herinnert zich nog de eerste keer dat zij de peesbeschermers om kreeg. Dat vond ze zo’n gek gevoel, dat ze haar benen er heel hoog van optrok. Inmiddels is ze eraan gewend.

Nadat Elise het hek van de bak heeft dichtgedaan, pakt ze een lange zweep uit een koker die naast het hek staat. Aurea vindt de zweep eng. Die doet haar denken aan die middag in de paddock bij Eric Barnes. Ze weet dat Elise de zweep nooit gebruikt om een paard te slaan, maar alleen om aanwijzingen te geven. Toch geeft het ding haar de kriebels.

In het midden van de bak staat Elise stil. Met de punt van de zweep wijst ze naar Aurea’s staart. ‘Voorwaarts!’ roept ze.

Aurea begrijpt het. Ze moet nu in een cirkel om Elise heen lopen. Dat heeft ze al vaak gezien. Maar het blijkt nog niet zo eenvoudig om het zelf te doen. Aurea houdt angstvallig in de gaten dat de longeerlijn niet strak komt te staan, want dan trekt die aan het bit.

De cirkel wordt daardoor een beetje eivormig, maar dat vindt Elise blijkbaar niet erg, want ze roept: ‘Braaf, Aurea! Goed gedaan, hoor.’

Als ze een paar rondjes hebben gestapt, laat Elise Aurea overgaan in draf. Dat is nog moeilijker. Na een paar minuten draven mag Aurea weer terug naar stap.

Elise vindt het voor vandaag wel mooi geweest. ‘Goed zo,

meisje. Nou, dat viel toch best mee?' zegt ze, terwijl ze samen teruglopen naar de stal.

Als de merrie helemaal is opgefrist, zet Elise de rode lampen aan. Aurea weet van Winston dat het een solarium heet en dat het heel prettig is. Toch schrikt ze eerst even van het rode licht. Als ze de heerlijke warmte van de lampen op haar huid voelt, ontspant ze. Tegen de tijd dat Elise de lampen weer uitdoet, is ze zelfs bijna in slaap gevallen.

Elise brengt Aurea terug naar haar box en doet het halster af. 'Je hebt het heel goed gedaan, Aurea,' zegt ze terwijl ze de box uit loopt.

Aurea straalt van trots.

In de box naast die van Aurea doet Tania met een ruk haar hoofd omhoog. Ze kijkt Aurea verbaasd aan. 'Zei ze nou Aurea tegen je?'

Aurea grinnikt zacht. 'Ja. En die naam heeft ze helemaal zelf bedacht. Knap van haar, hè!'

19

Tania krijgt een zadel op

Aurea gaat nu elke dag even aan de longe. Als het longeren linksom goed gaat, moet ze ook rechtsom. Het lijkt eenvoudig, maar blijkt best lastig.

Tania, die al wat meer ervaring heeft, geeft Aurea zo veel mogelijk tips. Toch raakt Aurea soms nog in paniek. Tania heeft er veel minder moeite mee. Aurea kijkt vaak door het raam toe als Elise haar aan het longeren is. Tania loopt mooie rondjes en het gaat rechtsom net zo gemakkelijk als linksom. Ze gaat ook al in galop en soms geeft ze zomaar een flinke bok. Daar moet Elise dan om lachen.

Het longeren gaat zelfs zo goed, dat Elise na een paar weken besluit om met Tania een stapje verder te gaan. Terwijl Aurea toekijkt vanuit haar box, ziet ze hoe Tania voor het eerst een zadel op krijgt. Een paar rondjes bokt Tania dat het een lieve lust is, maar daarna geeft ze het op. Met het zadel stevig op haar rug draaft ze rond alsof er niets aan de hand is.

Korte tijd later brengt Elise haar terug naar de stal. Tania loopt met het zadel op haar rug naast haar. Ze is zo trots als een pauw.

Als ze weer in haar box staat, zegt ze tegen Aurea: ‘Heb je

het gezien? Ik heb het zadel op mijn rug gehad! Het was helemaal niet eng.'

Aurea lacht. 'O nee? Waarom bokte je dan zo?'

Tania steekt haar neus omhoog, maar geeft geen antwoord.

Winston, die heeft meegeluisterd, mengt zich in het gesprek. 'Het is heel normaal dat een pony bokt als die voor het eerst een zadel op krijgt. Het is een vreemd gevoel. Vooral die riem onder je buik. Daar moet je even aan wennen. Maar als het zadel goed past, went het snel en is het helemaal niet vervelend.'

De volgende dag krijgt Tania het zadel al op de wasplaats op. Tot Aurea's grote schrik ziet ze dat Elise haar cap opzet en in de bak met hulp van Bob op Tania's rug klimt! Tania's oren gaan druk heen en weer, maar ze blijft heel stil staan. Bob neemt Tania vervolgens aan de hand mee en met Elise op haar rug stapt ze door de bak. Aurea kijkt bewonderend naar haar vriendin.

Als het stappen goed blijkt te gaan, laat Bob Tania in draf overgaan. Bob blijft naast haar lopen. Even spant Tania zich, maar ze bokt niet. Aurea ziet dat Elise met Tania praat en haar zacht over haar hals strijkt. Als Tania zich ontspant, laat Bob de longeerlijn langzaam vieren. Tania draaft rustig verder, met Elise op haar rug.

Na een kwartiertje vinden Bob en Elise het genoeg. Elise stijgt af. Ze neemt Tania weer mee naar binnen en zadelt haar af. Als Tania op de wasplaats staat, hoort Aurea dat Elise enthousiast is over haar eerste rit op Tania.

'Wat ben jij een brave pony! Goed gedaan hoor, meisje. Je zult een fantastische pony zijn voor Mandy.' Elise klopt haar stevig op haar hals.

Aurea kan bijna niet wachten tot Tania weer in haar box staat. 'Hoe was het? Hoe was het?' vraagt ze gespannen.

'Vet cool!' antwoordt Tania enthousiast.

Aurea weet inmiddels ook wat 'vet cool' betekent: geweldig. Tania heeft het van Mandy geleerd, die blijkbaar alles vet cool vindt. Maar Aurea kan haar oren niet geloven. 'Vet cool? Is dat alles? Vond je het niet eng? Of op z'n minst spannend?'

Tania schudt haar hoofd. 'Nee, ik vond het vooral leuk. Nou ja, een heel klein beetje spannend misschien. Maar hoe vaak hebben we nu al toegekeken terwijl Elise aan het rijden was? Ik ben blij dat ze nu ook op mij rijdt. Als het allemaal goed gaat, kan ik straks met Mandy rijden. Daar kan ik bijna niet op wachten,' zegt Tania opgewonden.

Aurea ziet in Tania's ogen de twinkeling die er altijd in verschijnt als ze het over Mandy heeft. Aurea is verbluft. Tania doet het allemaal voor Mandy. Hoe is het mogelijk dat een pony zo gek op een mens kan zijn? Daar begrijpt ze helemaal niets van.

De rest van de week rijdt Elise Tania elke dag ongeveer een kwartier. Eerst nog aan de longe, maar al snel zonder de hulp van Bob. Na afloop vertelt Tania steeds aan Aurea wat ze geleerd heeft. Bijvoorbeeld wat sturen is en dat ze sneller moet gaan als Elise met haar benen tegen haar aan drukt. Na een paar dagen mag Tania al in galop. Ze vindt het nog wel moeilijk, maar Elise is blijkbaar erg tevreden.

Op zaterdag zal Mandy langskomen, hebben Tania en Aurea Elise tegen Bob horen zeggen. Tania is er helemaal opgewonden van.

Als het eindelijk zaterdag is, wordt Tania op de wasplaats gezet en mag Mandy haar samen met Elise opzadelen. Elise vertelt haar precies hoe ze het moet doen. Mandy is nog niet zo handig in het omdoen van het hoofdstel, maar Tania heeft engelengeduld.

Elise maakt de beugels een paar gaatjes korter en neemt Tania aan de longeerlijn mee naar de bak. Mandy zet haar cap op en maakt het bandje onder haar kin vast. In de bak helpt Elise haar opstappen. Aurea kan alles vanuit haar box goed volgen.

Mandy maakt de teugels op maat. Op aanwijzing van Elise laat ze Tania in stap overgaan. Het meisje glundert van oor tot oor. Aurea ziet hoe ze iets naar haar vader roept.

Van der Wiel lacht en steekt zijn duim naar haar op.

Tania kijkt minstens zo gelukkig. Ze loopt heel voorzichtig met Mandy op haar rug. Na een paar rondjes gaan ze in draf. Mandy heeft het rijden al aardig in de vingers, ziet Aurea.

Even later probeert het meisje Tania over te laten gaan in galop. Ze geeft de juiste hulpen, maar die begrijpt Tania nog niet goed.

Elise schiet haar te hulp. Ze roept iets naar Tania.

Nu galoppeert Tania netjes aan. Met Mandy, die veel kleiner en lichter is dan Elise, lijkt het galopperen veel gemakkelijker te gaan, ziet Aurea. Tania is zo enthousiast aan het galopperen, dat ze een klein bokje geeft. Mandy raakt uit balans en schuift opzij. Aurea schrikt. Gelukkig gaat Tania snel over in stap.

Mandy heeft zich vast weten te houden en zit alweer rechtop. Het meisje giert het uit van het lachen.

Opgelucht haalt Aurea adem. Mandy mag nog even zonder de longeerlijn een rondje stappen. Elise blijft naast haar lopen. Daarna helpt ze met afstappen.

Mandy neemt Tania aan de teugel mee naar binnen. Elise loopt samen met haar vader achter hen aan. Op de wasplaats slaat Mandy haar armen om de hals van de merrie en drukt haar gezicht tegen haar aan. 'Je bent fantastisch. Dat was vet cool!'

Aurea hoort Elise tegen Van der Wiel zeggen: 'Komende week wil ik Melodie nog een paar keer rijden, maar dan kan ze wat mij betreft wel naar huis. Ik denk dat je geen betrouwbaardere pony voor Mandy kunt vinden. Die twee komen er samen wel uit. Zullen we afspreken dat we haar volgende week zaterdag komen brengen?'

'Prima,' knikt Van der Wiel. 'Mandy zal dolblij zijn. Ze vraagt al weken wanneer Melodie nu eindelijk naar huis komt.'

Mandy heeft het goede nieuws ook gehoord. Ze straalt, net als Tania.

Aurea is stil. Nog maar één week. Daarna ben ik alleen, denkt ze. Ze voelt een steek van verdriet.

20

Het afscheid

Het is hun laatste week samen; daar zijn Tania en Aurea zich heel goed van bewust. Tania kijkt er natuurlijk naar uit om bij Mandy te gaan wonen, maar Aurea merkt dat ze het ook moeilijk vindt. De merries halen samen herinneringen op. Over Nikkel, hun moeders, hun broers en zussen, de vriendjes met wie ze speelden, de spelletjes die ze deden en natuurlijk over de vlakte. Ze praten ook over Emilia, het verblijf bij Peter, hun belevenissen op de dag van de veiling, het avontuur dat ze bij Eric Barnes beleefden en de bootreis naar Nederland.

Aurea wordt er verdrietig van. Na alles wat ze met Tania heeft gedeeld, is ze bang om alleen achter te blijven. Bij de trainingen is ze er met haar gedachten niet erg bij.

De week vliegt voorbij en de dag dat Tania zal vertrekken, breekt aan. Tania is opgewonden, maar Aurea ziet er als een berg tegen op.

Direct nadat ze 's morgens hebben gegeten, haalt Elise Tania uit haar box en zet haar op de wasplaats. 'We zullen je eens even opdoffen voor Mandy,' zegt ze met een glimlach. Ze borstelt Tania van het puntje van haar neus tot het uiteinde van haar staart, tot ze over haar hele lichaam glanst. Elise verdeelt haar manen in plukjes en maakt er vlechtjes in. De vlechtjes rolt ze op tot knotjes, die ze vastzet met kleine elastiekjes. Op haar hoeven krijgt Tania een laagje hoefvet, waardoor die ook prachtig glimmen.

Als ze klaar is, bekijkt Elise haar werk van een afstandje. Tania ziet er geweldig uit. 'Mooi, hoor. Mandy zal het prachtig vinden. Nu mag je nog even terug in je box, terwijl ik de vrachtwagen klaarzet.'

Voor het laatst gaat Tania weer in haar box. Elise loopt naar buiten.

Aurea's keel voelt aan als schuurpapier. De merries drukken hun neuzen tegen elkaar.

Tania kijkt nu ook bedrukt. 'Ik zal je missen,' fluistert ze.

Aurea kan even niets uitbrengen. Ze is intens verdrietig. Ze slikt en zegt zacht: 'Het ga je goed. Ik zal jou ook missen. Maar je zult het goed hebben bij Mandy. Daar ben ik blij om.' Aurea denkt terug aan het moment dat haar moeder afscheid van haar nam, vlak voordat ze over het hek van de kraal probeerde te springen. Ze weet nog precies wat Darinde zei. Op haar beurt zegt ze nu tegen Tania: 'Vergeet nooit waar je vandaan komt. Je bent een pony van de vlakte. Wees daar trots op.'

Tania knikt.

Elise is terug in de stal en opent de deur van de box. Tania krijgt een fantastisch, nieuw halster om. Het is lichtblauw en staat prachtig bij haar bruine vacht. Op de zijkant zit een koperen plaatje met haar naam erop: *Melodie*. Het nieuwe halstertouw heeft dezelfde kleur.

Tania stapt de gang in. 'Dag, Aurea,' zegt ze zacht.

'Dag, Tania,' antwoordt Aurea.

Elise neemt Tania mee naar buiten. Aurea hoort de hoefjes op de klep, net als die keer dat ze terugkwam uit de kliniek. Maar nu gaan de voetstapjes de klep óp, in plaats van eraf. De klep gaat piepend omhoog en de motor komt tot leven. Boven het geluid uit hoort Aurea dat Tania bij wijze van afscheid een keer hard en hoog hinnikt. Aurea hinnikt terug, maar ze weet niet of Tania het nog kan horen. De vrachtwagen draait het erf af en de weg op. Het geluid van de motor sterft langzaam weg.

Als Aurea de auto niet meer kan horen, slaakt ze een diepe zucht. Ze laat haar hoofd hangen.

'Hé, kop op, kleintje,' zegt Winston. 'Tania wordt vast heel gelukkig. Voor jou komt dat geluk er ook. Ergens op deze aarde woont jouw "Mandy". En op een dag komt ze je halen!' probeert hij haar op te vrolijken.

Aurea kan het nauwelijks geloven. Zal er ooit een mens van haar houden, zoals Mandy van Tania houdt? 'Voorlopig ben ik helemaal alleen,' zegt ze triest.

Winston schudt resoluut zijn hoofd. 'Natuurlijk niet. Ik ben er toch ook nog,' zegt hij beslist.

'Tuurlijk,' knikt Aurea. Winston is lief, maar het is niet hetzelfde als met Tania. Hij komt niet van de vlakte, denkt ze.

Als Elise haar 's middags op de wasplaats zet, staat Aurea er lusteloos bij.

'Wat is er toch met je? Je wordt toch niet ziek?' zegt Elise ongerust.

Tijdens het longeren vindt Aurea het moeilijk om zich te concentreren. Haar gedachten zijn ergens anders. In de dagen daarna heeft ze weinig trek. Het voer smaakt naar zaagsel. De box van Tania blijft leeg. Winston doet van alles om haar op te vrolijken, maar Aurea blijft treurig. Door het vertrek van Tania voelt ze zich niet meer thuis bij Bob en Elise.

Als ze dat eindelijk aan Winston vertelt, knikt het grote paard. 'Tja, dit is natuurlijk ook niet echt je thuis. Voor mij wel. Ik ben Elises paard. Voor jou moeten ze nog een baasje en een nieuw thuis vinden.'

Aurea knikt. Ze denkt er lang over na. Zal ze zich ooit echt thuis gaan voelen bij mensen? Zal ze ooit zo veel kunnen houden van een mens als Tania van Mandy houdt? Ik kom er maar op één manier achter, bedenkt Aurea, en dat is door het te proberen.

En dus neemt Aurea een besluit. Ze moet zo snel mogelijk een eigen baas en een eigen thuis zien te krijgen en daarvoor moet ze eerst een echte rijpony worden. Daar gaat ze vanaf nu haar best voor doen!

Die beslissing zorgt ervoor dat Aurea zich beter voelt. Ze heeft een doel. Ze eet weer en gaat met meer plezier aan het werk. Elke dag doet ze haar uiterste best om Elise tevreden te stellen. Ze gaat met sprongen vooruit.

Twee weken nadat Tania is vertrokken, ziet Aurea dat Elise het zadel voor haar klaarlegt.

Als Aurea op de wasplaats staat, zegt Elise: 'Je bent de laatste weken fantastisch vooruitgegaan! Ik had niet gedacht dat je er zo snel klaar voor zou zijn, maar ik denk dat we maar eens moeten proberen om het zadel op je rug te leggen. Ik ben benieuwd hoe je dat vindt.'

Aurea hoort Winston zacht bewonderend hinniken. Ze is trots op zichzelf.

Elise neemt Aurea mee naar de bak. Het zadel, dat ze over haar arm draagt, legt ze op het hek. Eerst laat ze Aurea aan de longe een paar rondjes draven. Aurea ziet dat Bob aan komt lopen en het zadel van het hek pakt. Elise laat Aurea overgaan in stap en haalt haar naar zich toe.

Nu gaat het gebeuren! dreunt het door Aurea's hoofd. Ze is opgewonden en bang tegelijk. Gelukkig houdt Elise haar goed vast. Aurea is voor Bob nog altijd een beetje bang. Als hij links naast haar staat, draait ze zich van hem af.

'Ho, stil blijven staan,' bromt hij. Hij tilt het zadel omhoog.

Aurea knijpt haar ogen stijf dicht. Ze voelt dat Bob heel zachtjes het zadel op haar rug legt.

'Braaf, meisje,' zegt Elise.

Om de singel te pakken, die aan de rechterkant van het zadel vastgegespt zit, moet Bob onder haar buik door reiken. Aurea is zo gespannen dat haar beenspieren beginnen te trillen. Ze voelt dat Bob het zadel behoedzaam vastmaakt. Het is echt niet erg, zegt Aurea tegen zichzelf, maar haar hart bonkt in haar keel. Voorzichtig doet ze haar ogen open en kijkt om naar het zadel op haar rug.

Bob loopt naar het hek. 'Kijk je uit?' roept hij nog over zijn schouder naar Elise.

Elise knikt en laat de longeerlijn een stukje vieren. Ze wijst met de zweep naar Aurea en zegt: 'Voorwaarts.'

Op het moment dat Aurea haar spieren aanspant om zich in beweging te zetten, merkt ze pas hoe strak de singel om haar buik zit. Ze voelt de druk van het zadel op haar rug. Even lukt het haar zich stil te houden, maar dan ontploft ze bijna. Zonder van haar plaats te komen begint ze te bokken en te springen. Hoger en hoger! Ze doet haar neus tussen haar knieën en maakt haar rug zo rond mogelijk. Dat zadel moet eraf!

Aurea hoort dat Elise nog een keer 'Voorwaarts!' roept. Ze springt vooruit, maar blijft proberen het zadel kwijt te raken. Rondje na rondje maakt ze de vreemdste sprongen en capriolen, maar het zadel blijft zitten waar het zit. Ze gaat over in een woeste galop, maar ook dat helpt niet. Bob heeft het zadel zo strak aangetrokken dat het zelfs nu niet gaat schuiven.

Door het bokken zijn de beugels naar beneden geschoven. Ze slaan wild tegen het zadel en tegen Aurea aan. Dat doet pijn.

Uiteindelijk is ze uitgeput en ze valt terug in draf. Nu ze niet meer bokt, slaan de beugels ook niet meer tegen haar aan. Langzamerhand begint ze te wennen aan het gevoel van het zadel op haar rug. Het lukt haar om zich iets te ontspannen.

'Goed zo, Aurea, dat is braaf. Rustig maar, meisje,' zegt Elise tegen haar.

Na een tijdje laat Elise haar in stap overgaan en komt naar haar toe.

Aurea hijgt en ze voelt het zweet in straaltjes over haar lichaam lopen.

Zacht aait Elise haar over haar hoofd. 'Was dat nou zo erg? Je moest er gewoon even aan wennen.' Elise gaat naast Aurea staan en trekt voorzichtig de singel los.

Opnieuw maakt Aurea haar rug bol, maar als ze voelt dat de druk van het zadel en de singel weg zijn, ontspant ze zich.

Elise tilt het zadel van Aurea's rug en geeft het aan Bob, die net aan komt lopen. 'Zo, nu nog even stappen tot je weer op adem bent.' Elise stapt met Aurea aan de hand door de bak. 'Ik had wel verwacht dat je het zadel eng zou vinden. Wat kun jij bokken, zeg! Ik moet wel heel zeker weten dat je er klaar voor bent, anders stap ik niet in het zadel. Ik heb geen zin om eraf gegooid te worden,' zegt Elise eerlijk.

Samen wandelen ze in het zonnetje. Aurea hoeft steeds minder te hijgen en haar huid droogt langzaam op. Ze is blij dat deze eerste keer met het zadel voorbij is. Elise neemt haar mee naar binnen en nadat ze haar verzorgd heeft, brengt ze Aurea terug naar haar box.

Winston staat haar al op te wachten. 'Hoe was het? Ik zag je springen en bokken. Tjonge, wat ging je hoog!'

'Ach,' zegt Aurea stoer. 'Het viel best mee. Het was eigenlijk wel vet cool.'

En daar moeten ze samen erg om lachen.

21

De eerste keer

Als Aurea de volgende dag weer door Elise op de wasplaats wordt gezet, kan de merrie bijna niet stilstaan van de spanning. De eerste keer dat Elise op Tania stapte, was de dag nadat zij voor het eerst het zadel op kreeg. Zou het bij haar ook zo gaan? Aurea krijgt het benauwd bij het idee alleen al.

Maar Elise legt het zadel nog niet meteen op Aurea's rug. Net als gisteren neemt ze het op haar arm mee naar buiten en opnieuw komt Bob om het zadel vast te maken. Hoewel Aurea nu weet wat er komt, moet ze toch nog een paar keer flink bokken als het zadel op haar rug ligt. Daarna is ze rustig en doet ze braaf haar werk. Elise beloont haar uitgebreid.

Aurea krijgt gelukkig ruim de tijd om aan het zadel te wennen. Pas twee weken nadat ze voor het eerst heeft kennisgemaakt met het zadel, pakt Elise na het opzadelen haar cap.

Ze zet de cap op en klopt Aurea op haar hals. 'We gaan het maar eens proberen, meisje.'

Aurea voelt een kriebeltje vanuit haar buik omhoogkomen. Ze merkt dat ook Elise een beetje gespannen is.

In de bak overhandigt Elise de longeerlijn aan Bob en ze

geeft hem wat aanwijzingen. Bob laat Aurea een paar rondjes draven en haalt haar dan weer naar zich toe. Elise gaat links naast haar staan, tegen het zadel aan. Ze pakt boven op Aurea's rug de voorkant en de achterkant van het zadel vast. Bob geeft haar een zetje en opeens ligt Elise op haar buik over Aurea's rug.

Het is een vreemd gevoel, vindt Aurea, maar tot haar verrassing is het minder eng dan ze had verwacht. Het is Elise, daar op haar rug. Dat is wel oké. Ze blijft rustig staan.

Bob schuift Elises linkervoet in de beugel. Aurea voelt dat Elise langzaam overeind komt en heel voorzichtig haar rechterbeen over het zadel zwaait. Zachtjes gaat ze in het zadel zitten. Met haar rechtervoet zoekt ze de rechterbeugel op.

Aurea's hart klopt in haar keel. Elise zit op mijn rug, juicht het binnen in haar.

Elise pakt de teugels in één hand. Met de andere strijkt ze even door Aurea's manen. Met zachte stem vertelt Elise haar hoe knap ze haar vindt en hoe braaf ze is.

Bob geeft Elise korte aanwijzingen. Als Bob 'wiebelen' zegt, schuift Elise een beetje heen en weer in het zadel. Aurea vindt het een vreemd gevoel en spant haar spieren aan.

Steeds weer wiebelt Elise een beetje heen en weer in het zadel en langzamerhand went Aurea aan het gevoel. Ze kan zich weer ontspannen.

'Klaar?' hoort ze Bob aan Elise vragen. Die knikt zeker, want meteen daarna hoort Aurea: 'Voorwaarts, stap!'

Aurea zet zich in beweging. Net als met het zadel is het gevoel van een ruiter op haar rug niet onprettig, maar ze moet er wel aan wennen. Even knijpt ze haar ogen stijf dicht. Het liefst zou ze nu een rondje bokken, maar dat kan natuurlijk niet. Stel je voor dat Elise zou vallen! Ze haalt een keer diep en beverig adem.

Elise lacht zachtjes. 'Je doet het geweldig,' moedigt ze Aurea aan.

Als ze een heel rondje door de bak hebben gestapt, vraagt Bob aan Elise: 'Draven?'

Aurea voelt dat Elise zich op haar rug zo licht mogelijk maakt. Bob geeft het commando 'Voorwaarts, draf' en Aurea gaat een beetje twijfelend in draf over. Door het gewicht op haar rug heeft ze moeite om haar evenwicht te bewaren. Aurea voelt dat Elise afwisselend op haar rug gaat zitten en haar gewicht uit het zadel haalt door in de beugels te gaan staan. Dat heet lichtrijden, heeft Winston haar verteld.

Het gaat allemaal goed, al is het door de hoek draven met iemand op je rug best lastig. Na één rondje laat Bob haar weer in stap overgaan.

Elise klopt Aurea tevreden op haar hals. 'Genoeg voor vandaag. Morgen gaan we weer verder.'

Bob laat Aurea halt houden en Elise stapt zonder problemen af. Ze neemt de merrie over van Bob en brengt haar terug naar de stal.

Even later staat Aurea weer in haar box. Ze is moe, maar ook opgewonden. 'Heb je het gezien! Nu ben ik ook een rijpony. Ik ga net zo mooi leren dansen als jij, Winston.'

Winston heeft alles gevolgd vanuit zijn box. 'Je deed het fantastisch,' beaamt hij. 'Beter dan ik, de eerste keer. Je wordt vast een supergoede dressuurpony.'

Die nacht droomt Aurea dat ze met het grootste gemak de moeilijke oefeningen doet die ze Winston heeft zien uitvoeren. In haar droom danst ze samen met een meisje dat een beetje op Mandy lijkt. Met z'n tweeën winnen ze een heleboel eerste prijzen en het meisje is heel trots op haar. Als ze de volgende ochtend wakker wordt, is Aurea vast van plan om die droom uit te laten komen.

De tweede dag stapt Elise op zonder hulp van Bob. Ze zet gewoon haar voet in de beugel. Bob houdt Aurea nog wel aan de longe, maar Elise stuurt zo veel mogelijk zelf.

De dagen daarna gaat het allemaal heel snel. Aurea heeft eerst nog wat moeite met het gewicht op haar rug, maar het gaat haar steeds gemakkelijker af. Dat komt ook omdat Elise superstil zit en met haar lichaam Aurea's bewegingen volgt. Na een paar dagen vergeet Aurea soms bijna dat Elise op haar rug zit.

In korte tijd leert Aurea de beginselen van het paardrijden. Doordat ze zo lang gelongeerd is, is de merrie behoorlijk gespierd en heeft ze een goede conditie. Na een paar dagen doet Elise het verder zonder Bobs hulp. Ze rijdt Aurea in stap en draf over de hoefslag, langs het hek van de bak. Aurea krijgt er steeds meer plezier in. Aan het eind van de eerste week laat Elise Aurea voor het eerst in galop overgaan. In tegenstelling tot Tania heeft Aurea daar absoluut geen moeite mee.

'Aurea beweegt met zo veel souplesse! Het is echt heerlijk

om op haar te rijden. Je merkt helemaal niet dat je op een pony zit. Haar passen zijn net zo ruim als die van een paard. Ze kan het met de juiste ruiter nog heel ver schoppen,' hoort ze Elise tegen Bob zeggen. Aurea is supertrots en doet nog beter haar best.

Elke avond neemt ze met Winston door wat ze die dag heeft geleerd. Ze praten over de grote cirkels die ook wel 'grote volte' worden genoemd. En over hoe moeilijk het is om goed je evenwicht te bewaren als je met een ruiter op je rug van galop terug moet naar draf. 's Nachts slaapt Aurea als een roos en droomt van haar successen als dressuurpony.

22

Te koop?

De weken rijgen zich aaneen. Aurea wordt steeds handiger. Soms gaat ze voor de afwisseling aan de longeerlijn, maar wat Aurea betreft kan Elise haar niet vaak genoeg rijden.

Op een zonnige middag, midden in de zomer, staat ze in de wei wat te soezen, als er een deftige donkergroene auto het erf op komt. Uit de auto stappen een chic geklede vrouw en een meisje in rijkleding. Het meisje heeft een lange dikke blonde vlecht, die ze met een zwaai op haar rug gooit als deze bij het uitstappen over haar schouder glijdt.

Elise, die in de stal bezig is, komt naar buiten om te kijken wie er is gearriveerd. Ze loopt naar de vrouw en het meisje toe. Aurea ziet hoe de vrouw Elise van top tot teen opneemt en een afkeurend gezicht trekt. Elise draagt een oude rijbroek en een versleten jasje. Aan haar voeten zitten een paar stevige stalschoenen.

De vrouw en het meisje geven Elise een hand. Het paardenluchtje rond Elise, waar Aurea zo van houdt, doet de vrouw haar neus optrekken. De chique dame stelt zichzelf voor als mevrouw Van der Zee. 'En dit is mijn dochter Namanda.'

De stem van de vrouw klinkt Aurea vreemd in de oren. Alsof er iets vastzit in haar keel.

Het meisje kijkt verveeld rond. Ze draagt een kort bruin jasje, een bijpassende geruite rijbroek en glimmende leren rijlaarzen. In haar hand heeft ze een rijzweep, waarmee ze ritmisch tegen haar laars tikt.

'Wij zijn op zoek naar een geschikte pony voor mijn dochter. Ze heeft al een pony, maar daar is ze te groot voor geworden. Met die pony heeft ze in de klasse M gesprongen. Namanda heeft veel talent en daarom zoeken we nu een grotere pony, waarmee ze in de hoogste klasse van de springsport kan deelnemen,' vertelt mevrouw Van der Zee aan Elise.

Als Aurea hoort wat mevrouw Van der Zee voor haar dochter zoekt, verliest ze haar interesse in het gesprek en begint weer te grazen.

'Ik heb op dit moment helemaal geen springpony te koop,' antwoordt Elise beleefd.

De vrouw trekt haar dunne wenkbrauwen op. 'O nee? U hebt toch les van Stefan van Doorne? Die vertelde mij dat u een uit Engeland geïmporteerde pony op stal hebt, die verscheidene goede springpony's in haar afstamming heeft.'

Elise begint te lachen. 'Ja, dat klopt, maar dat is een driejarige merrie. Ze staat daar achter u in de wei. Ze is nog maar net onder het zadel. Als u een pony zoekt waarmee uw dochter op korte termijn in de hoogste springklasse kan meedoen, dan is dat geen geschikte pony voor haar.'

Aurea is weer helemaal wakker. Ze hebben het over haar! De vrouw en het meisje draaien zich naar haar om en lopen naar het hek, gevolgd door Elise.

Mevrouw Van der Zee bekijkt Aurea aandachtig. 'Ze is nog jong, maar Namanda zou haar zelf kunnen opleiden. Kunt u haar eens onder het zadel laten zien?'

Voordat Elise kan antwoorden, mengt Namanda zich in het gesprek. Ze trekt een pruillip. 'Nee mam, daar heb ik geen zin in, hoor. Ik ga niet zelf een pony opleiden. Dat duurt veel te lang. Ik wil nú meedoen in de springsport. Ik wil naar het Europees kampioenschap,' jengelt ze.

Mevrouw Van der Zee glimlacht toegeeflijk naar haar dochter. 'Liefje, dat hoeft toch helemaal niet zo lang te duren. Je bent nu twaalf. Je hebt nog vier jaar. Met jouw talent gaat het allemaal snel genoeg. Bovendien zal iedereen jaloers op je zijn met zo'n pony.' De laatste opmerking lijkt raak. Namanda knikt met tegenzin.

Mevrouw Van der Zee draait zich om naar Elise. 'Ja, we willen haar graag even onder het zadel zien.'

Elise lijkt te twijfelen. 'Maar ik weet helemaal niet of ze wel aanleg heeft als springpony. Wij hebben haar nog nooit laten springen.'

Het gezicht van mevrouw Van der Zee loopt rood aan. 'Ze is toch als springpony gefokt?' zegt ze ongeduldig.

Elise knikt. 'Ja, haar vader was in zijn tijd een uitstekende springpony. En haar twee broers doen het in Engeland ook goed in de springsport. Een van die broers maakt sinds kort met Anna Hold deel uit van het Engelse nationale ponyteam.'

Mevrouw Van der Zee is opgetogen. 'Precies wat we zoeken!'

Elise haalt haar schouders op. Ze pakt het touw van het hek en loopt naar Aurea. 'Kom op schoonheid, we zullen ze eens iets laten zien,' zegt ze zachtjes, terwijl ze het hek van de wei opendoet.

Aurea loopt met Elise mee naar de wasplaats. Terwijl Elise haar poetst en opzadelt, kijken mevrouw Van der Zee en Namanda van een afstandje toe. Aurea kan bijna niet stilstaan. Dit is haar kans op een eigen baas! Namanda zou haar 'Mandy' kunnen zijn.

Als Elise klaar is met opzadelen, neemt ze Aurea mee naar de bak. Namanda en haar moeder lopen achter hen aan. In de bak stijgt Elise op. Ze laat Aurea aan een lange teugel rondstappen. Na een paar rondjes maakt ze de teugels op maat en draaft ze rustig aan.

Aurea wil indruk maken en slooft zich enorm uit. Ze denkt aan de veiling en draaft met grote passen. Haar hals maakt ze mooi rond. Op aanwijzing van Elise springt ze keurig aan in galop. Vanuit haar ooghoeken ziet Aurea dat Namanda met haar moeder staat te fluisteren. Elise laat Aurea weer in draf overgaan en daarna in stap. Ze rijdt naar Namanda en mevrouw Van der Zee toe.

'Namanda wil haar zelf even proberen,' zegt mevrouw Van der Zee.

'Heb je wel een cap bij je?' vraagt Elise.

Namanda haalt haar cap uit de auto en zet hem op. Ze stapt de bak in.

'Geef je zweepje maar aan je moeder. Die heb je op Aurea niet nodig. Ze is er een beetje bang voor,' zegt Elise.

Namanda haalt haar schouders op. 'Daar zal ze toch aan moeten wennen. Ik rij altijd met een zweep.' Toch geeft ze haar zweepje af.

Namanda maakt de beugelriemen een paar gaatjes korter. Daarna stapt ze op. Ze neemt de teugels kort, korter dan Aurea gewend is. Daardoor voelt Aurea meer druk op het bit. Ze vindt het niet prettig.

'Aurea is tot nu toe alleen nog maar door mij gereden en ze is nog erg onervaren. Het kan dus zijn dat ze anders reageert dan je gewend bent,' waarschuwt Elise.

Namanda geeft een kort knikje en drukt haar hielen hard tegen Aurea aan. Aurea schrikt ervan. Elise drukt altijd alleen heel licht haar benen aan en Aurea heeft geleerd om daarop voorwaarts te gaan. Nu springt ze van schrik vooruit. Namanda geeft een ongecontroleerde ruk aan de teugels en Aurea staat weer stil.

Oei, dat was niet zo'n goed begin.

Elise neemt het voor Aurea op. 'Deze pony is heel gevoelig. Ze is gewend aan kleine aanwijzingen. Probeer het maar,' zegt ze tegen Namanda.

Nu geeft Namanda wel voorzichtig been en Aurea draaft keurig weg. Om niet te veel last te hebben van de druk op het bit, buigt ze haar hoofd wat verder dan normaal. Aurea doet haar best. Ze laat zich door Namanda rondsturen. Namanda laat Aurea een paar keer teruggaan naar stap en dan weer aandraven.

Al snel heeft Aurea in de gaten dat Namanda gewend is om met haar benen een schop te geven als het sneller moet. Als

Aurea na weer een schop nog harder gaat draven, rukt Namanda aan de teugels en schopt nog een keer. 'Hup, galop!' roept ze.

Direct springt Aurea in galop aan. Namanda zit niet zo stil als Elise en Aurea moet heel erg haar best doen om niet uit balans te raken. In de bocht lukt het haar niet om in evenwicht te blijven en ze valt terug in draf. Meteen voelt ze Namanda's benen in haar ribben drukken. Van schrik galoppeert ze hard weg. Dat komt haar opnieuw op een ruk aan het bit te staan.

Na een kwartiertje laat Namanda Aurea bij het hek halt houden. Aurea zweet en hijgt.

'Het is wel een goede pony, maar ze kan nog niks,' zegt Namanda tegen haar moeder. 'Kan ik niet even een sprongetje met haar maken?' vraagt ze aan Elise.

Elise schudt resoluut haar hoofd. 'Nee, daar is ze in de africhting nog niet aan toe.'

Namanda stapt morrend af en geeft de teugels aan Elise. Ze kijkt niet eens naar Aurea.

Elise neemt de merrie mee naar de stal. 'Je hebt je kranig gehouden,' fluistert ze tegen haar.

Een paar meter achter hen volgen Namanda en mevrouw Van der Zee. Ze zijn druk met elkaar in gesprek, maar Aurea kan niet verstaan wat ze zeggen.

Als Elise Aurea op de wasplaats afzadelt, komen Namanda en mevrouw Van der Zee de stal binnen.

'We willen haar kopen. Op voorwaarde dat de dierenarts haar goedkeurt,' zegt mevrouw Van der Zee zonder inleiding.

Aurea is verbaasd. Ze kwamen voor een springpony en nu willen ze haar kopen?!

'Dan moeten we het wel eerst even over de prijs hebben,' zegt Elise.

Mevrouw Van der Zee knikt.

'Ik zet Aurea op stal en daarna gaan we in huis koffiedrinken.' 'U kunt met mijn man Bob over de prijs onderhandelen.' Elise brengt Aurea terug naar haar box en neemt vervolgens moeder en dochter Van der Zee mee de stal uit.

Aurea kijkt Winston aan. 'Ze willen mij kopen!' zegt ze verbluft.

Winston lacht. 'Zie je wel! Ik wist dat er voor jou iemand zou komen. Wat fijn voor je!' zegt hij enthousiast.

Toch weet Aurea niet zeker of ze wel blij moet zijn.

23

Klaar voor vertrek

De volgende dag al komt dokter Van der Wiel voor de keuring en tot Aurea's grote plezier heeft hij Mandy meegebracht.

Het meisje babbelt honderduit. 'Het gaat heel goed met rijden. Melodie is superlief en op de ponyclub doet ze altijd extra haar best. Mijn instructeur zegt dat we binnenkort wel aan een wedstrijdje kunnen meedoen. Gewoon dressuur hoor, want springen doen we nog niet. Daarvoor is Melodie te jong, zegt papa,' vertelt ze als ze met Elise bij de box van Aurea aankomt. Voor de box staat ze stil. 'Hallo, Aurea. Ik moest je de groeten doen van Melodie. Ze mist je wel een beetje, maar ze heeft al heel veel nieuwe vriendjes.'

Aurea spitst haar oren. Ze is blij met dat bericht.

Elise doet de deur van de box open. Ze schuift het halster over Aurea's oren en neemt haar mee naar de poetsplaats. Daar staat dokter Van der Wiel al op hen te wachten. Uit zijn tas haalt hij een stethoscoop, waarvan hij de uiteinden in zijn oren steekt.

Aurea herinnert zich dat hij destijds met net zo'n ding naar Tania's hartslag en darmen luisterde toen ze koliek had. Aurea heeft het nog altijd niet zo op de dokter, en de lucht die om hem heen hangt vindt ze verre van prettig. Toch probeert ze heel stil te blijven staan, terwijl de dokter naar haar longen en hart luistert.

Op een papier dat op een klembord zit, maakt hij aantekeningen. Het herinnert haar aan de dokter op de veiling. Die deed dat ook. Dokter Van der Wiel kijkt met een lampje in haar ogen, bekijkt haar mond, haar vacht en haar hoeven. Met extra aandacht onderzoekt hij het achterbeen waaraan ze bij haar sprong uit de kraal gewond raakte. 'Het is prachtig genezen. Je ziet er zo helemaal niets meer van,' constateert Van der Wiel.

Daarna neemt Elise Aurea mee naar buiten en laat haar aan de longe rondjes draven. Eerst in de bak en daarna op het erf, op de harde ondergrond. Na het draven pakt Van der Wiel Aurea's benen een voor een op, buigt ze in alle gewrichten en houdt ze zo even vast. Als hij het been weer op de grond zet, moet Elise direct met Aurea aan de hand wegdraven. Voor Aurea is het allemaal geen probleem.

Na het onderzoek mag Aurea weer terug in haar box.

'Met glans geslaagd,' zegt dokter Van der Wiel. 'Ze is zo gezond als een vis.' Hij maakt nog een paar laatste aantekeningen en loopt daarna met Elise de stal uit.

Mandy blijft nog even voor Aurea's box staan. Ze aait de palomino over haar hoofd. 'Ik hoop dat je een lieve baas krijgt. Misschien komen Melodie en ik je nog wel eens tegen op een wedstrijd. Dat zou leuk zijn.'

Aurea hinnikt even. Dat zou zeker leuk zijn.

Mandy geeft Aurea een laatste klopje op haar hals en gaat dan op zoek naar haar vader en Elise.

Als Elise de volgende dag de boxdeur opendoet, heeft ze een nieuw, donkergroen halster met een bijpassend touw in haar hand. Op het naamplaatje staat *Aurea.* Aurea weet wat dat betekent. Ze gaat verhuizen. Ze moet even slikken en kijkt naar Winston. Tot haar verrassing ziet ze dat ook hij er verdrietig uitziet.

'Het ga je goed, kleintje. Ik zal je missen,' zegt hij zacht.

'Ik jou ook,' fluistert Aurea.

Winston knippert met zijn ogen. 'Je hebt vast snel nieuwe vrienden. Ik hoop dat je gelukkig wordt bij je nieuwe baas, maar dat zal wel lukken. Wie zou er nou niet blij zijn met een pony zoals jij?'

Elise doet het halster bij Aurea om en neemt haar mee naar de poetsplaats. Terwijl ze Aurea poetst tot ze blinkt, is ze opvallend stil. Net als bij Tania maakt ze vlechtjes in haar manen. Op haar hoeven smeert Elise vet, zodat ze mooi gaan glimmen. Als ze klaar is, ziet Aurea eruit als om door een ringetje te halen.

Elise aait Aurea nog even zacht over haar hoofd. 'Tja, kleine pony's worden groot en krijgen een nieuwe baas. Toch vind ik het jammer dat je weggaat. Ik hoop maar dat je springen net zo leuk vindt als dressuur.'

De deur van de stal gaat open. Namanda en haar moeder komen binnen. Ze hebben twee grote tassen bij zich. Namanda zet ze met een plof op de grond en begint ze meteen, zonder Elise te groeten, uit te pakken.

Mevrouw Van der Zee geeft Elise een hand. 'Namanda heeft gisteren nog gauw wat spulletjes gekocht voor haar nieuwe pony,' verklaart ze.

Uit de tas haalt Namanda een lila-met-zachtroze zomerdeken. Als ze de deken over Aurea wil leggen, deinst de merrie achteruit.

'Ho ho, voorzichtig! Aurea heeft nog nooit een deken op gehad,' roept Elise snel.

Namanda doet een pas achteruit.

'En ze hoeft toch eigenlijk geen deken op? Het is warm genoeg,' zegt Elise.

Namanda wil per se de deken op Aurea leggen, dus pakt Elise hem van haar aan. Ze laat zien dat Aurea helemaal geen problemen heeft met nieuwe dingen, als je het maar voorzichtig aanpakt. Rustig schuift Elise de deken over Aurea's rug. Deze keer blijft de palomino wel stilstaan.

Uit de tas komen vervolgens transportbeschermers die bij de deken passen. De beschermers worden met klittenband om de benen van Aurea vastgemaakt. Deze keer pakt Namanda het wat voorzichtiger aan. Als de beschermers vastzitten, durft Aurea zich niet meer te bewegen. Het laatste wat uit de tassen komt, is een lila halster met een roze touw.

Namanda doet het nieuwe groene halster af, geeft het aan Elise en doet Aurea het lila halster om. 'Zo, nu kan ik je tenminste aan mijn vriendinnen laten zien.' Ze bekijkt haar werk van een afstandje.

Elise kijkt met het groene halster in haar hand naar Aurea.

Die voelt zich een beetje ongemakkelijk met al die nieuwe vreemde dingen aan haar lijf.

Mevrouw Van der Zee geeft Elise een envelop. Elise doet de envelop open en telt het geld dat erin zit. Als ze klaar is, knikt ze en geeft ze Aurea's paspoort aan mevrouw Van der Zee. De koop is definitief.

Elise geeft de nieuwe eigenaren een hand. 'Veel plezier met Aurea. Jullie hebben een fijne pony gekocht.' Ze aait nog een laatste keer over Aurea's neus en doet dan de deur van de stal open.

Namanda neemt Aurea mee naar buiten.

De transportbeschermers geven een raar gevoel. Ze kriebelen en Aurea's benen voelen stijf aan. Aurea trekt haar benen hoog op.

'Ik loop even een rondje met haar. Dan kan ze aan de beschermers wennen. Anders loopt ze er thuis straks ook zo raar mee. Sta ik mooi voor gek,' zegt Namanda.

Samen lopen ze een rondje over het erf. Ze komen langs de bak. Aurea denkt terug aan alle keren dat ze er werd gelongeerd en gereden. Daarna passeren ze het hek van de wei. Daar heeft ze heel wat prettige uurtjes samen met Tania doorgebracht. En dan staan ze opeens voor een reusachtige zilverkleurige vrachtwagen met roze en lila strepen. Op het portier van de cabine staat met lila letters *driver Namanda*. Mevrouw Van der Zee maakt net de laadklep los. Namanda neemt Aurea mee naar de klep.

Aurea twijfelt, heel even. 'Kom op, meisje,' hoort ze Elise achter zich zeggen. Dan loopt Aurea de vrachtwagen in.

De vrachtwagen is van binnen net zo mooi als van buiten. Het is er licht en ruim. Tegen de zijkanten zitten dikke rubberen kussens.

Namanda zet Aurea in een boxje en maakt de kettingen aan het halster vast. Ze loopt de wagen uit en mevrouw Van der Zee doet samen met Elise de klep dicht.

Aurea hoort hoe Elise afscheid neemt van mevrouw Van der Zee. De motor wordt gestart, maar het is niet het zware ronkende geluid dat Aurea gewend is. De motor van deze vrachtwagen is nauwelijks te horen. Daardoor hoort Aurea duidelijk dat de paarden in de stal naar haar hinniken.

'Hou je taai, Aurea,' hoort ze Winston roepen.

Aurea hinnikt terug.

24

Een nieuwe stal

De vrachtwagen rijdt het erf af. Als ze eenmaal op de weg zijn, zucht Aurea diep. Voor het eerst is ze helemaal alleen.

De vrachtwagen van de familie Van der Zee heeft een uitstekende vering. De rit is heel comfortabel. Bij het zachte gezoem van de motor dwalen Aurea's gedachten al gauw af. Ze doet haar ogen dicht en ziet zichzelf op haar rug in het gras van de vlakte liggen. In de blauwe lucht drijven wolken als grote plukken witte watten voorbij. Bijen zoemen om haar heen. De zon verwarmt haar buik. Grasprietjes kriebelen in haar neus. Ze kan de zoetige geur van bloeiend gras bijna ruiken. Haar familie en vrienden zijn dichtbij. Aurea wordt overspoeld door een golf van heimwee.

Als de vrachtwagen tot stilstand komt, opent Aurea met tegenzin haar ogen. De motor gaat uit en de grendels van de klep worden weggeschoven. Zonder enig geluid te maken gaat de klep omlaag, tot hij zacht op de grond neerkomt. Tot haar verbazing ziet Aurea dat zich onder aan de klep een hele menigte heeft verzameld. Er staan zeker vijftien mensen. De meeste zijn meisjes van Namanda's leeftijd.

Namanda loopt de klep op en maakt de kettingen van Aurea's halster los. Aan het touw leidt ze de merrie naar buiten. Boven aan de klep staat Aurea even stil om rond te kijken.

De vrachtwagen staat op de parkeerplaats van een chique pensionstal. De stal en de binnenbak zijn van rode baksteen. Voor de stal staan overal bloembakken vol bloemen in allerlei kleuren. Rechts naast de stal ligt een grote buitenbak en daarachter ziet Aurea nog net een wei met allerlei verschillende hindernissen in felle kleuren. Overal op het terrein staan dikke oude bomen. Op het bord aan het eind van de parkeerplaats staat in krullerige letters *Pensionstal Eikenwal*.

Namanda vindt blijkbaar dat het lang genoeg geduurd heeft en geeft een ruk aan het touw. Aurea schrikt ervan. Voorzichtig stapt ze de klep af. Op het erf laat Namanda haar halt houden. Iedereen kijkt vol bewondering naar de nieuwe pony.

'Wat een prachtige pony, Namanda! Hoe heet ze?' vraagt een van de meisjes.

'Ze heet Aurea. Dat betekent goud en dat is ook de kleur van de medaille die ik met haar ga winnen op het Europees kampioenschap springen voor pony's,' antwoordt Namanda. Ze steekt haar neus in de lucht en draait zich om. Ze trekt Aurea met zich mee. Ze lopen het parkeerterrein af, nagestaard door het clubje mensen.

Eén meisje maakt zich los uit de groep en volgt Namanda en Aurea op een afstandje.

Namanda doet de deur van de stal open en brengt Aurea tot helemaal achterin. De allerlaatste box is leeg. Ze gaan naar binnen en Namanda doet Aurea's beenbeschermers en het halster af. Vervolgens stapt ze de box uit, doet de deur dicht en loopt weg om haar spullen op te ruimen.

Aurea kijkt haar na. Steeds als Namanda bij haar is, krijgt ze het gevoel dat er iets mis is. Maar wat?

Opeens weet Aurea wat het is. Ik heb helemaal geen contact met haar, bedenkt ze. Namanda heeft haar nog geen enkele keer geaaid of geknuffeld, zoals Mandy dat altijd deed met Tania. Ze praat niet eens tegen me, schiet het door Aurea heen. Ze denkt er even over na, maar laat het dan rusten. Dat komt vast nog wel. We kennen elkaar ook nog maar net, denkt ze.

Plotseling duikt het gezicht van een ander meisje op voor haar box. Het is het meisje dat achter hen aan liep naar de stal. Ze draagt haar dikke bruine haar in twee vlechten. Op haar neus zitten sproetjes. Voorzichtig steekt ze haar hand uit naar Aurea. 'Dag, Aurea. Ik ben Arda,' zegt ze zacht.

Als Aurea nieuwsgierig aan haar hand snuffelt, giechelt Arda. Tot haar verrassing ziet Aurea dat Arda een soort ijzertjes in haar mond heeft, tegen haar tanden. Wat gek, een mens met een bit, denkt ze.

'Wat ben jij mooi. Zo'n mooie pony heb ik nog nooit gezien.' Arda aait haar over haar neus.

Op dat moment komt Namanda aanlopen. Ze kijkt boos en stampt door de gang. 'Hé, wat doe jij bij mijn pony? Blijf van haar af!' roept ze.

Arda trekt snel haar hand terug. 'Ik doe niks. Ik aai haar alleen maar.'

'Je moet van haar afblijven. Het is mijn pony. Vraag maar

aan je moeder om een eigen pony,' zegt Namanda hard.

Aurea ziet dat Arda heel verdrietig kijkt. Met hangende schouders en haar hoofd gebogen loopt het meisje weg. Aurea heeft haar adem ingehouden. Dat was gemeen, denkt ze terwijl ze Arda nakijkt.

Als Arda om de hoek verdwenen is, loopt ook Namanda weer weg.

Aurea is even van slag. Arda was zo aardig voor haar; waarom deed Namanda zo lelijk tegen dat meisje? Aurea zucht. Het zal nog wel even duren voordat ze Namanda begrijpt.

Als Aurea om zich heen kijkt, ziet ze in de box naast haar een kleine zwarte pony. Zijn manen zijn kort geschoren en staan rechtop. Hij staat met zijn hoofd in de hoek van de box en met zijn achterhand naar haar toe gedraaid.

Aurea loopt naar de tralies die hun boxen van elkaar scheiden. 'Hé, hallo! Ik ben Aurea, je nieuwe buurvrouw. Wie ben jij?'

De zwarte pony kijkt chagrijnig achterom. 'Ik ben Topper. Ik ben Namanda's pony,' zegt hij kortaf.

Aurea lacht blij. 'O, wat leuk! Ik ben ook van Namanda.'

Topper kijkt haar neerbuigend aan. 'Ja, ik had al gehoord dat je zou komen. Ik wil je meteen even duidelijk maken dat ik Namanda's lievelingspony ben. Ze springt met mij al in de klasse M. In welke klasse spring jij?' vraagt hij.

Aurea kijkt hem verlegen aan. 'Ik heb nog nooit gesprongen.'

Topper lacht, maar het klinkt niet aardig. 'Mooie springpony ben jij.' Hij draait zijn hoofd weer van haar af en tilt dreigend een achterbeen op om aan te geven dat hij verder niet gestoord wil worden.

Aurea is teleurgesteld. Het zit haar niet mee. Behalve Arda is er tot nu toe niemand vriendelijk voor haar geweest.

Namanda komt terug met het halster. Ze schuift de boxdeur open en doet Aurea het halster om. Met Aurea achter zich aan loopt Namanda door verschillende gangen, tot ze in een ruimte komen waar kettingen aan de muur hangen. Daar zet Namanda Aurea vast en schuift ze de deken van haar rug.

Namanda maakt eerst de vlechtjes los. Uit een paarse poetskist pakt ze een borstel en haalt die een paar keer over Aurea's rug. De borstel gaat terug in de kist en die wordt met een klap dichtgegooid. Namanda loopt met de poetskist weg.

Was dat de hele poetsbeurt? vraagt Aurea zich af. Ach, ik was natuurlijk ook niet erg vuil omdat Elise me vanmorgen nog heeft geborsteld, bedenkt ze zich.

Namanda komt terug met een zadel en een hoofdstel. Ze legt het zadel op Aurea's rug en maakt de singel vast. Het zadel zit niet echt lekker. Daarna krijgt Aurea het hoofdstel om. Dit bit is veel dunner dan het bit dat Elise gebruikte.

Aurea zucht. Het is gewoon een kwestie van wennen, vermaant ze zichzelf. Om haar benen krijgt Aurea nog een paar lila peesbeschermers en dan neemt Namanda haar mee naar de binnenbak.

Aurea is nog nooit in een binnenbak geweest en ze kijkt haar ogen uit. Het is een enorme hal met hoog aan het plafond een groot aantal lampen. Aan de muren hangen enorme spiegels. Er zijn verscheidene mensen aan het rijden.

Aurea voelt zich heel klein worden. Vanuit haar ooghoeken ziet ze dat de meisjes die haar een uurtje geleden stonden op te wachten op het parkeerterrein, nu vanaf de kant naar haar kijken. Aurea ziet ook Arda ertussen staan.

Namanda trekt de beugels naar beneden en zet haar linkervoet erin om op te stappen.

Op dat moment zegt een van de ruiters in de bak: 'Namanda, je bent je cap vergeten.'

Namanda trekt een lelijk gezicht naar de man, die op een grote schimmel rijdt. 'Ben ik niet vergeten. Ik doe dat ding niet op. Daar gaat mijn haar zo raar van zitten. Bovendien kan ik goed genoeg rijden. Ik val er heus niet af,' moppert ze. Ze stapt op Aurea's rug, maar in plaats van zachtjes te gaan zitten, zoals Elise, komt ze met een plof in het zadel neer.

Aurea springt naar voren.

Namanda valt bijna van haar rug, maar kan zich nog net vastgrijpen. Ze geeft zo'n harde ruk aan de teugels dat het pijn doet in Aurea's mond. 'Stilstaan tot ik zeg dat je mag gaan,' sist ze.

De ruiter die Namanda erop wees dat ze geen cap droeg, lacht hardop. 'Als je zonder cap rijdt, kun je beter iets voorzichtiger in het zadel gaan zitten als je opstapt,' grinnikt hij.

Namanda zegt niets. Ze maakt haar teugels op maat en port met haar hakken tussen Aurea's ribben.

Aurea's leven als springpony is begonnen.

25

Geen geduld

Pas na een uur vindt Namanda het mooi geweest. Het zweet loopt in straaltjes van Aurea af. Ze is doodmoe, haar mond doet zeer van het dunne bit, en het slecht passende zadel drukt pijnlijk op haar rug. Haar spieren zijn stijf van het lopen in een gedwongen houding. Namanda heeft een harde hand en weinig geduld. Aurea heeft haar uiterste best gedaan, maar toch blijkt Namanda niet erg tevreden.

'Lui beest,' moppert ze. Midden in de bak stapt ze af en ze trekt Aurea hardhandig mee naar de poetsplaats. Daar haalt ze het zadel van haar rug en doet het hoofdstel af.

Een van de meisjes uit het groepje komt erbij staan. Ze heeft lang donkerrood krullerig haar en opvallende groene ogen. Ze is een kop kleiner dan Namanda. 'Ging goed, hè?'

Namanda kijkt haar aan alsof ze iets heel geks heeft gezegd.

Het meisje loopt rood aan. 'Nou ja, je moet natuurlijk niet vergeten dat ze nog maar drie jaar is...' stamelt ze erachteraan.

Namanda kijkt boos, maar zegt niets. Als ze het zadel en

hoofdstel gaat opbergen, loopt het roodharige meisje snel weg.

Aurea hoopt dat ze wordt afgesponst en het liefst ging ze ook nog even onder het solarium, al heeft ze er hier nog geen gezien. Maar als Namanda terugkomt, legt ze zonder haar verder te verzorgen de deken op Aurea's rug en brengt haar terug naar haar box. Daar doet ze het halster af en loopt de stal uit. Ze kijkt niet één keer om.

Bijna direct is Namanda terug met een ander halster in haar hand. Ze doet de deur van Toppers box open.

Tot haar verbazing ziet Aurea dat Topper met zijn hoofd in de hoek achter in de box blijft staan.

'Toppertje,' roept Namanda.

Met tegenzin draait Topper zich om.

'Wij gaan lekker springen,' zegt Namanda.

Topper legt zijn oren in zijn nek. Langzaam sjokt hij achter Namanda aan in de richting van de wasplaats.

Aurea kijkt hem na. Namanda praat dus wel met pony's, alleen niet met mij, denkt ze verdrietig.

Het zweet droogt op onder Aurea's deken en dat begint te kriebelen. De jeuk wordt zo erg dat ze zich móét schuren. De voerbak biedt uitkomst. Ze schuurt er met haar rug langs, tot ze plotseling iets hoort kraken. O jee, de deken... Verschrikt kijkt Aurea om. Er zit een flinke scheur in de nieuwe lila-met-roze deken.

Plotseling duikt Arda op voor haar box. 'Zo, Namanda is op Topper aan het rijden. Kan ik mooi nog even bij jou kijken!' Dan ziet ze de scheur in de deken. 'O o, dat is niet zo best,' mompelt ze. Arda denkt even na en loopt snel weg.

Aurea voelt zich direct in de steek gelaten.

Gelukkig komt Arda even later weer terug. In haar hand heeft ze een doosje. 'Heb ik van Evelien gekregen. Zij is hier de baas en ze is heel aardig.' Uit het doosje haalt Arda een naald en garen. 'Nu moet ik even bij je in de box. Vind je dat goed?' Arda lijkt even te twijfelen, maar schuift dan heel langzaam de deur open. Ze strijkt zacht over Aurea's neus en hals en bekijkt de scheur in de deken. 'Het is gelukkig op de naad, dus ik kan het onzichtbaar repareren. Maar je moet wel heel stil blijven staan, want ik durf de deken er niet af te halen. Stel je voor dat Namanda terugkomt. Dan heb ik een probleem,' babbelt Arda, terwijl ze de naald door de stof van de deken duwt.

Aurea blijft doodstil staan. Arda heeft bijna een half uur nodig, maar dan is de scheur helemaal gerepareerd. De naald en het overgebleven draad gaan terug in het doosje. Arda grabbelt in haar andere broekzak en haalt een suikerklontje tevoorschijn. Ze houdt het Aurea voor.

Die pakt het heel voorzichtig met haar lippen van Arda's hand.

'Heb ik uit de kantine. Iets lekkers heb je wel verdiend na het lange stilstaan.'

Aurea is Arda erg dankbaar en net als bij Elise heeft ze ook nu de behoefte om zelf contact te maken met een mens. Voorzichtig drukt ze haar neus tegen Arda aan.

Arda straalt. 'Wat ben je lief,' zegt ze zacht. Ze knuffelt Aurea even, maar daarna draait ze zich om en loopt de box uit. De deur doet ze achter zich dicht. 'Dag, Aurea,' zegt ze. 'Ik kom morgen weer.' Snel gaat ze ervandoor.

Arda is net op tijd weg, want een paar minuten later brengt Namanda Topper terug.

De volgende dag is Aurea stijf en heeft ze spierpijn over haar hele lichaam. De dag duurt lang. In de box ligt geen stro, maar een laag houtkrullen, dus daar valt niets aan te knabbelen. Als de brokjes en het hooi op zijn, heeft Aurea niets meer te doen. Topper heeft geen behoefte aan een praatje en ze kan geen andere paarden zien. Haar eigen box kijkt uit op een blinde muur en er zijn geen ramen.

Halverwege de middag probeert Aurea toch nog een keer een gesprek met Topper aan te knopen. 'Gaan de paarden hier niet in de wei?' vraagt ze hem.

Topper kijkt om. 'Sommige paarden wel, maar wij niet. Namanda vindt het risico te groot. Ze is bang dat we onszelf pijn doen in de wei en dat ze dan niet meer kan springen,' zegt hij chagrijnig.

Aurea denkt even na over wat dat inhoudt. Nooit meer in de wei. Nooit meer dollen en bokken. Nooit meer even een sprintje trekken. Urenlang in je box staan zonder afleiding. 'Wat doe jij dan om de dag door te komen?' vraagt Aurea beduusd.

'Slapen,' antwoordt Topper. 'En dat is precies wat ik nu ga doen.' Resoluut draait hij zich van haar af en sluit zijn ogen.

Aurea is blij als aan het eind van de middag Namanda komt, dus ze probeert extra lief voor haar te zijn.

Namanda merkt het niet eens. Ze poetst snel het meeste opgedroogde zweet weg en zadelt haar op. Gelukkig merkt ze niets van de reparatie aan de deken.

Als Namanda in het zadel klimt, merkt Aurea pas hoe stijf ze is. Ze kan haar rug nauwelijks ontspannen. Met stijve passen draaft ze door de baan. Het zadel drukt op haar rug. Het doet zo'n pijn dat Aurea na een kwartiertje niet meer weet waar ze het zoeken moet. Van pure ellende geeft ze een bok.

Namanda vliegt bijna van haar af. Boos rukt ze aan het bit. 'Ben je gek geworden?' roept ze. Ze rijdt naar de kant, waar twee meisjes staan te kijken. 'Haal eens even een zweep voor me,' zegt ze tegen de langste van de twee.

Die loopt direct weg en komt even later terug met een zweep. Aurea is bang voor de zweep en durft bijna niet meer te lopen. Namanda geeft haar een schop om sneller te gaan, maar Aurea durft niet. Klets. De zweep komt op haar achterhand terecht. Au, dat doet pijn. De palomino schiet vooruit. Namanda rukt aan het bit.

De rest van het uur krijgt Aurea nog een paar keer een flinke tik met de zweep.

Als Namanda is afgestapt, trekt ze Aurea achter zich aan naar de wasplaats. 'Je snapt er ook helemaal niks van, stom beest,' zegt ze met een rood hoofd. Ze zadelt haar af en doet haar halster weer om. Dan pakt ze de tuinslang en draait de kraan open. Zonder pardon zet ze de koude straal op Aurea's pijnlijke rug.

Aurea kan het niet helpen: ze raakt in paniek. Met haar volle gewicht gaat ze aan de ketting hangen. Maar Namanda heeft de zweep nog in haar hand. Ze geeft Aurea een paar rake klappen, waardoor de palomino weer naar voren vliegt. Trillend blijft ze staan, tot ze helemaal is afgespoten. Namanda draait de kraan dicht. Met een zweetmes haalt ze het meeste water van Aurea af. Daarna gooit ze de deken over haar rug en brengt Aurea terug naar de stal.

Als Aurea van de schrik bekomen is, voelt ze zich wat beter. Door het koude water heeft ze minder pijn aan haar rug en het is beter dan jeuk hebben van opgedroogd zweet.

Namanda haalt Topper uit zijn stal om op hem te rijden. Kort daarna staat Arda voor haar box. Ze is blijkbaar net aangekomen. Aurea heeft haar niet gezien toen Namanda op haar reed.

Arda heeft net als gisteren een suikerklontje bij zich. 'Ik had toch beloofd dat ik terug zou komen?' zegt ze. Door de tralies aait ze de merrie. Het meisje zucht diep. 'Had ik maar zo'n lieve pony. Maar die krijg ik nooit. Mijn moeder is een schat, maar ze houdt niet van paarden. Ze is er bang voor omdat ze vroeger ooit gebeten is. Ik mag hier eigenlijk helemaal niet zijn,' vertelt ze.

Aurea drukt verdrietig haar neus zo dicht mogelijk tegen de tralies. Jij bent mijn 'Mandy', denkt ze. Maar nu ik je heb gevonden, kunnen we niet samen zijn. Ik heb al een baas en jij mag geen pony…

26

Een ander zadel

In de week die volgt wordt het niet veel beter. Aurea's rug gaat steeds meer pijn doen en er komt zelfs een bult op. Namanda merkt blijkbaar niets, want ze reageert boos als Aurea niet wil stilstaan als ze het zadel op haar rug legt. Elke dag spuit Namanda haar na het rijden met de tuinslang af. Aurea vindt het niet meer eng. Ze kijkt er zelfs naar uit, want door het koude water verdwijnt voor eventjes het brandende gevoel op haar rug.

Ook Arda komt dagelijks bij Aurea langs. De palomino kijkt uit naar haar bezoekjes. Arda vertelt haar wat ze allemaal meemaakt. Meestal heeft ze iets lekkers bij zich: een suikerklontje, maar ook wel eens een appel of een wortel.

Op donderdag krijgt Namanda les van Hans Veldhuizen, een magere, al wat oudere man met een vriendelijk gezicht en een dikke bos grijs haar. Zijn benen staan krom van het vele paardrijden. Eén keer per week komt hij speciaal voor Namanda naar Eikenwal om haar les te geven.

Als Hans ziet hoe Aurea loopt, krabt hij achter zijn oor. 'Kom eens van die pony af,' zegt hij tegen Namanda. 'Ze heeft duidelijk ergens pijn.'

Namanda doet direct wat hij zegt. Hans bekijkt het zadel, trekt de singel los en tilt het zadel van Aurea's rug. Zijn vrije hand laat hij over haar huid glijden. Zacht duwt hij op de bult. Aurea trekt haar rug weg en kreunt van pijn.

'Een drukking,' constateert Hans. 'Je zadel past niet goed. Is dit niet het zadel van Topper?'

Namanda knikt.

'Ja, logisch dat het niet goed past. Topper is veel kleiner en smaller dan deze pony.' Hans kijkt even naar Aurea. 'Wacht, ik heb een zadel in de auto liggen dat waarschijnlijk wel past. Ik haal het even op.' Het zadel van Topper geeft hij aan Namanda's moeder, die altijd komt kijken als haar dochter les heeft van Hans. 'Niet meer op deze pony leggen, want daar heeft ze veel pijn van,' zegt hij streng tegen haar.

Even later komt hij terug met een ander zadel. Hij legt het op Aurea. 'Ja, veel beter. Haal eens een oud dekentje en een schaar,' zegt hij tegen Namanda, die geërgerd staat te kijken.

Ze holt weg. Als ze terugkomt, heeft ze de gevraagde spullen bij zich.

Hans knipt een gat in het dekentje en legt het onder het zadel. Het gat laat de bult op Aurea's rug vrij. Het zadel drukt er nu niet meer op. Hans maakt de singel vast en helpt Namanda met opstijgen. 'Zo, draaf nu nog maar eens aan.'

Namanda draaft weg. Aurea is nog wel een beetje stijf, maar haar rug doet een stuk minder pijn.

'Veel beter,' meent Hans.

Tijdens de les die volgt geeft Hans aanwijzingen over hoe Namanda beter op Aurea kan rijden. Na afloop laat hij haar met Aurea aan een lange teugel rondstappen. 'Het is een fantastische pony en ik weet zeker dat ze ook goed zal kunnen springen. Maar je moet veel meer geduld met haar hebben. Ze is nog maar drie jaar. Geef haar een kans. Zorg dat je duidelijk bent in wat je wilt. Word niet boos als ze iets niet snapt. Pas als ze de basis goed begrijpt, kun je gaan springen,' legt Hans uit.

Namanda kijkt teleurgesteld. 'Maar ik wil met haar meedoen aan springwedstrijden.'

'Dat zal moeten wachten,' zegt Hans resoluut. 'Je hebt Topper toch ook nog?'

Namanda knikt. Ze stijgt af en neemt Aurea aan de hand mee. Hans loopt achter ze aan naar de wasplaats. Daar haalt hij het zadel van Aurea's rug.

Aurea heeft zich veel minder hoeven inspannen dan de vorige keren en is nauwelijks bezweet.

'Je moet eerst zien dat je een ander zadel voor haar krijgt, anders rij je haar rug kapot.' Uit zijn zak haalt Hans een tubetje zalf. Hij smeert er wat van op de bult.

Eerst prikt het een beetje, maar even later is de pijn weg. Namanda legt de deken op haar rug en brengt haar naar de stal. Daarna vertrekt ze met Hans en haar moeder naar de kantine.

Zodra Namanda weg is, staat Arda voor Aurea's box. 'Hans heeft gelijk. Namanda moet veel meer geduld met je hebben. Ik hoop maar dat ze goed naar hem heeft geluisterd,' zegt ze tegen Aurea. Ze aait de merrie zachtjes over haar neus.

Het advies over het zadel heeft Namanda in elk geval goed

in haar oren geknoopt. De volgende dag staat er voor Eikenwal een grote bus. Namanda doet Aurea een hoofdstel om en neemt haar mee naar de buitenbak. Daar worden verschillende zadels op haar rug gelegd, die uit de bus komen. Met elk zadel dat op Aurea past, draaft Namanda een rondje. Uiteindelijk valt haar keuze op een mooi bruin springzadel. Een goede keuze, volgens de man van de ruitersportzaak. Namanda krijgt er ook nog een nieuwe singel en stijgbeugels bij.

Helaas blijkt al snel dat de andere wijze raad van Hans aan dovemansoren gericht was. Namanda is blijkbaar niet van plan om rustig aan te doen. Tijdens het rijden wordt ze steeds ongeduldiger. Het maakt Aurea nerveus. Als Namanda hulpen geeft en ze begrijpt niet direct wat de bedoeling is, komt haar dat gegarandeerd op een ruk in haar mond, een schop of een klap van de zweep te staan. En hoewel het zadel nu goed past, doet haar rug nog steeds pijn. Haar mond is rauw en rood van het bit, haar ribben doen zeer van Namanda's benen die onophoudelijk tegen haar aan schoppen en haar spieren zijn stijf van de moeilijke oefeningen.

In de stal wordt intussen flink geroddeld door de meisjes die ook een pony op Eikenwal hebben staan. Aurea hoort hen vaak in de gang met elkaar praten.

'Heb je gezien hoe ze die pony rijdt? Aurea krijgt niet eens de tijd om zich warm te lopen. Vind je het gek dat het arme beest zo stijf is als een plank. En Namanda merkt niks,' hoort Aurea een van de meisjes zeggen. Maar niemand besluit blijkbaar om er iets van tegen Namanda te zeggen, want er verandert helemaal niets.

Doordat haar mond pijn doet, gaat eten Aurea steeds minder gemakkelijk af. Tot overmaat van ramp krijgt ze in de loop van de week dikke benen. Ze is niet gewend om alle dagen op stal te staan. Nu ze niet meer dagelijks een paar uurtjes in de wei kan lopen en tijdens de trainingen elke keer weer hard moet werken, krijgt ze stalbenen. Ze gaat zich steeds moeizamer bewegen.

Als Hans Veldhuizen die donderdag komt, is hij boos op Namanda. 'Ik dacht dat ik tegen je had gezegd dat je het rustiger aan moest doen met haar.'

Namanda kijkt schuldbewust, maar zegt niets. Hans laat Namanda in het begin van de les wel een kwartier aan een lange teugel stappen. Langzaam worden Aurea's benen weer dun. Daarna laat Hans haar in draf wat rek- en strekoefeningen doen. Eindelijk ontspant Aurea zich weer een beetje onder het zadel. Dit niveau kan ze aan. Deze oefeningen deed Elise ook altijd met haar.

Na ruim een half uur zegt Hans: 'Zo is het wel genoeg.'

Namanda kijkt hem verbaasd aan. 'Maar ik heb nog helemaal niet gegaloppeerd,' roept ze uit.

Hans schudt zijn hoofd. 'Hoeft ook niet. Soms is alleen wat stappen en draven voldoende werk voor een driejarige.'

Als Namanda Aurea op de poetsplaats afzadelt, moppert ze op Hans. 'Als ik het in zijn tempo doe, rij ik over een jaar nog geen parcours. Ik denk dat we morgen maar eens moeten beginnen met springen,' zegt ze hardop. Ze legt de deken op Aurea's rug en brengt haar terug naar de stal.

Zodra Namanda weg is, staat Arda voor Aurea's box. Ze

biedt Aurea een wortel aan, maar die is zo moe dat ze met moeite alleen een klein hapje neemt.

'Kom op, Aurea,' zegt Arda zo opgewekt mogelijk. 'Het komt allemaal best goed.' Ze slaakt een diepe zucht en leunt met haar voorhoofd tegen de tralies.

Aurea drukt haar neus tegen Arda's voorhoofd.

'Kon ik maar iets voor je doen. Kon ik Namanda er maar van overtuigen dat ze dom bezig is. Maar als ze al niet naar Hans luistert, heeft het zeker geen zin dat ik het haar zeg. Naar mij luistert ze helemaal niet. O Aurea, was je maar van mij,' zegt Arda verdrietig.

27

Verzet

De volgende dag schuift Namanda al heel vroeg de deur van Aurea's box open. Aurea heeft nog maar net haar brokken op en wil aan haar hooi beginnen. Ze kijkt verbaasd op. Zo vroeg heeft ze Namanda nog nooit gezien.

Namanda schuift het halster over Aurea's oren. 'Zo, nu zullen we eens zien wat je waard bent als springpony.'

Aurea's hart begint sneller te slaan. Ze praat tegen me, denkt ze. Maar direct daarna krijgt ze een onbehaaglijk gevoel. Wat zou haar te wachten staan? Aurea neemt zich voor haar uiterste best te doen om Namanda tevreden te stellen.

Op de poetsplaats staat een van de meisjes die altijd om Namanda heen hangen.

'Leg jij de balken maar vast klaar,' commandeert Namanda. 'En zet er ook vier staanders bij.'

Het meisje loopt weg.

Namanda zadelt Aurea op en als ze klaar is, neemt ze haar mee naar de bak. Daar liggen in het midden zes houten palen evenwijdig aan elkaar op de grond.

Het is zo vroeg dat er nog niemand aan het rijden is. Alleen in de stal is wat personeel bezig met het uitmesten van de boxen. In de bak hoor je helemaal niets. Niet eens het geluid van vogeltjes.

Namanda klimt in het zadel. Door de les van Hans gisteren is Aurea minder stijf dan anders. Ze stappen door de bak. Al na één rondje stuurt Namanda Aurea naar de palen toe.

Aurea heeft zoiets nog nooit gezien en is eigenlijk een beetje bang. Dan schiet haar voornemen om haar uiterste best te doen haar weer te binnen. Ze laat zich door Namanda naar de palen sturen. Als ze voor de eerste paal staat, stopt ze. Verward vraagt ze zich af wat de bedoeling is.

'Dat zijn balken, stom dier. Je moet eroverheen,' snauwt Namanda en ze geeft haar een tik met de zweep.

Meteen neemt Aurea een grote sprong over de paal en Namanda verliest haar evenwicht. Ze grijpt nog in Aurea's manen, maar het is al te laat. Met een bons valt ze op de grond. Aurea staat direct stil en kijkt om.

Namanda krabbelt overeind. Ze lijkt zich geen pijn gedaan te hebben.

Plotseling klinkt er een zacht gegrinnik. Het meisje dat de balken heeft klaargelegd, staat nog aan de kant. 'Dat zag er komisch uit,' roept ze. Als Namanda haar woedend aankijkt, slaat ze snel haar hand voor haar mond.

Namanda's gezicht is rood aangelopen. Ze stijgt vlug weer op. Zodra ze in het zadel zit, pompt ze beide benen in Aurea's ribben.

Aurea snapt er niets van. Ze gaat direct over in draf, maar vergeet de palen. Met haar rechtervoorvoet trapt ze op een van de balkjes. De paal rolt onder haar voet weg en ze komt bijna ten val.

Namanda rukt aan de teugels en Aurea houdt halt. Weer geeft Namanda haar een klap met de zweep. 'Let eens even een beetje op! Je kunt toch wel over een paar balkjes stappen?' snauwt ze.

De klap doet zo veel pijn dat Aurea een bok geeft. Meteen geeft Namanda haar een nog hardere klap met de zweep. Aurea verstijft van angst. Namanda heft haar arm op om haar opnieuw een klap te verkopen, maar Aurea wacht het niet af. Ze gooit haar hoofd omhoog en rent weg.

Vluchten, dreunt het door haar hoofd. Een paar minuten lang dendert ze met een noodvaart door de bak. Namanda klampt zich vast aan het zadel en schreeuwt om hulp, maar Aurea kan niet stoppen, zo bang is ze. Het zand in de bak stuift tegen de wanden omhoog.

Opeens staat Arda midden in de bak. 'Hooo, Aurea,' roept ze.

Aurea mindert direct vaart. Ze gaat over in draf en rent recht op Arda af.

Die pakt haar bij de teugels en eindelijk staat Aurea stil. 'Braaf, meisje,' zegt Arda zacht en ze klopt haar op de hals.

Namanda laat zich bliksemsnel van haar rug glijden. Aurea voelt zich verslagen. Schuim staat op haar flanken, de striemen van de zweep op haar achterhand. Het bloed loopt uit haar mond. Ze laat haar hoofd hangen en snakt naar adem. Ze had zich nog wel zo voorgenomen om haar best te doen. En dit is het resultaat...

Namanda ziet lijkbleek. Uit haar normaal zo keurige vlecht zijn pieken ontsnapt, de haren plakken aan haar bezwete gezicht en ze staat te trillen op haar benen. Ze haalt een keer diep adem en kijkt Arda nijdig aan. 'Waar bemoei jij je eigenlijk mee?!' zegt ze met een bibberende stem. 'Ik had haar heus wel onder controle.'

Arda krijgt van woede rode vlekken op haar wangen. 'Ja, dat zag ik,' roept ze boos. 'Ik hoorde je buiten al schreeuwen van plezier.'

Verbluft kijkt Namanda Arda aan.

Inmiddels is het meisje dat de balken heeft klaargelegd, ook de bak in gekomen. Ze slaat een arm om Namanda heen, die nog steeds onvast op haar benen staat. 'Kom Namanda, ga even zitten. Dan haal ik een glaasje water voor je.'

Namanda, die Arda nog altijd sprakeloos aankijkt, laat zich zonder morren door het meisje de bak uit voeren.

Arda blijft met Aurea achter. 'Mooie baas heb jij. Ze laat je gewoon zo staan,' zegt ze zachtjes tegen Aurea.

De merrie drukt haar hoofd tegen Arda aan.

Arda knuffelt haar. 'Kom maar, ik zal je wel verzorgen,' zegt ze met tranen in haar stem.

Arda neemt Aurea mee naar de wasplaats. Daar doet ze voorzichtig het hoofdstel af en het halster om. Ze zet Aurea vast. Onder de kraan spoelt ze het bloed van het bit. Het hoofdstel gaat samen met het zadel en de peesbeschermers in Namanda's kast.

Arda zet een emmer onder de kraan en laat hem vollopen met lauw water. Met een grote spons strijkt ze zacht over

Aurea's hals, rug en achterhand. De striemen van de zweep zijn goed zichtbaar. Arda doet ontsmettingsmiddel op een pluk watten. Het komt uit een bruin flesje dat ze in de kast van Namanda heeft gevonden.

'Een ontsteking is nu wel het laatste wat je kunt gebruiken,' zegt Arda tegen Aurea, terwijl ze het sterk ruikende goedje op de striemen dept.

Het prikt, maar Aurea is zo moe dat ze nauwelijks reageert. Met de tuinslang spuit Arda vervolgens Aurea's benen af. Ze legt de deken over haar rug en neemt haar aan een touw mee. Eerst denkt Aurea dat Arda haar terugbrengt naar haar box, maar het meisje voert haar een andere kant op.

Ze doet een deur open en opeens staan ze buiten. 'We kunnen wel even een stukje wandelen. Dat mag vast wel van Namanda.'

Aurea weet bijna zeker dat Namanda dat nooit goed zou vinden, maar dat kan haar op dit moment niets schelen.

Samen steken ze de parkeerplaats over. Ze lopen onder de grote eiken door. De vogeltjes zijn hier wel te horen. Het is heerlijk weer. Ondanks het vroege uur is het zonnetje al lekker warm en de lucht is strakblauw. De wind ruist zacht door de bladeren van de oude bomen. Het ruikt naar wilde bloemen.

Eindelijk is Aurea weer lekker buiten, maar toch laat ze haar hoofd verdoofd hangen. Langzaam sjokt ze achter Arda aan. Achter de stallen zijn verscheidene weides, afgezet met stevige houten omheiningen. In de meeste lopen paarden, maar een ervan is leeg.

Arda leidt Aurea door het hek naar binnen. ‘Neem maar een hapje gras.’

Maar Aurea heeft geen trek. Ze wandelen nog wat verder. Als Aurea na een minuut of twintig droog is, brengt Arda haar terug naar haar box.

Het hooi ligt nog in de hoek, maar Aurea wil nog steeds niets eten. Ook als Arda een appel tevoorschijn haalt, kan ze zich er niet toe zetten een hap te nemen. Ze voelt zich zo akelig.

Arda doet het halster af en woelt met haar handen even door Aurea’s manen. ‘Ik moet nu naar huis, want anders worden mijn ouders ongerust. Maar morgen kom ik weer,’ belooft ze.

28

Aurea's droom

Aurea slaapt. Ze ligt languit in haar box. Het heeft gisteravond lang geduurd voordat ze eindelijk te moe was om nog verder te piekeren. Wat heb ik fout gedaan? spookte het telkens door haar hoofd. Had ik het kunnen voorkomen? Maar antwoorden heeft ze niet gevonden.

Langzaam ontwikkelt zich een droom. Aurea is weer een veulen. Ze stapt samen met haar moeder door de hoge varens van de vlakte. Een gevoel van geluk overspoelt haar. Ze droomt ook van Anka en Alicia, Atos en Alfan. En natuurlijk van Nikkel, die altijd het geduld opbracht om de duizenden vragen die ze had te beantwoorden.

Als Aurea de volgende ochtend haar ogen opendoet, klinkt in haar oren het advies dat haar moeder haar destijds gaf nog na. 'Vergeet nooit waar je vandaan komt. Je bent een pony van de vlakte. Wees daar trots op.'

Er springt een vonk op in haar hart en Aurea staat op. Dat is het! Ze is een trotse pony van de vlakte, dat was ze bijna vergeten. In de uren die volgen, denkt ze na over haar verleden en over hoe het nu verder moet. Ze voelt zich vastberaden en houdt haar hoofd weer hoog. 'Ik ben een trotse pony van de vlakte. Ik hoef me niet zo te laten behandelen,' zegt ze steeds weer zacht tegen zichzelf.

Aan het eind van de middag is Aurea klaar voor de volgende confrontatie met Namanda. Als het blonde meisje verschijnt, is Aurea een en al strijdlust. Namanda lijkt de rit van gisteren nog niet te zijn vergeten. Haar gezicht staat strak. Ze heeft het halster in haar hand. Als Namanda de deur van de box openschuift, legt Aurea haar oren dreigend in haar nek en snuift een keer hard.

Namanda trekt een boos gezicht. 'Wat krijgen we nu? Heeft Arda je meteen verpest? Wat zijn dat voor manieren? Kom hier,' zegt ze, terwijl ze het halster aan haar arm laat slingeren.

Aurea verzet geen stap.

Namanda durft blijkbaar de box niet in te gaan om haar op te halen, want uiteindelijk schuift ze de deur weer dicht. Met grote passen loopt ze de stal uit. Als het geluid van haar leren laarzen op de betonnen vloer langzaam wegsterft, haalt Aurea diep adem.

Topper, die vanuit zijn box heeft toegekeken, briest. 'Als je denkt dat je nu van haar af bent, ben je niet goed wijs. Ik heb dat heus ook wel geprobeerd, maar het wordt er alleen maar erger van.'

Aurea kijkt hem verbaasd aan. Heeft Topper zich tegen Namanda verzet? Ze kan het zich bijna niet voorstellen. De palomino schudt haar hoofd. 'Ik denk helemaal niet dat ik nu van haar af ben. Maar ik heb besloten dat ik me niet meer laat behandelen zoals ze me de laatste weken heeft behandeld. Dat zal ze moeten leren,' zegt ze met nadruk.

'Je moet het zelf maar weten,' vindt Topper. 'Maar volgens mij is het geen goed idee. Je weet nog niet hoe wreed Namanda kan zijn.' Zijn stem klinkt alsof het hem allemaal niets kan schelen, maar in zijn ogen ziet Aurea een diep respect.

Dat sterkt haar om haar plan verder uit te voeren.

In de gang hoort ze Namanda weer dichterbij komen. Als de deur opengaat, ziet Aurea dat Namanda deze keer behalve het halster ook de zweep heeft meegebracht. Ze stapt de box in.

Even is Aurea bang, maar dan krijgt haar trots weer de overhand. Ze herinnert zich hoe Eric Barnes Tania en haar met een zweep bedreigde. Net als toen draait Aurea haar achterhand dreigend naar Namanda toe. Om haar dreigement kracht bij te zetten, tilt ze een achterbeen van de grond. Als je nog één stap dichterbij komt, heb je kans dat ik je een trap geef, zegt ze daarmee in paardentaal.

Namanda is witheet. Ze tilt de zweep boven haar hoofd om naar Aurea uit te halen, maar die draait zich vliegensvlug om. Net als Tania destijds valt ze woedend naar Namanda uit. Ze springt naar voren, ontbloot haar tanden en legt haar oren plat in haar nek. Namanda deinst van schrik achteruit.

Opeens hoort Aurea rennende voetstappen in de gang. Bekende voetstappen. Het zijn de voetstappen van Arda. Eén moment is de merrie afgeleid.

Voor Namanda is dat genoeg. Ze heft opnieuw de zweep boven haar hoofd, maar voordat ze kan uithalen, heeft Arda van achteren haar arm gegrepen en de zweep uit haar handen getrokken.

'Ben je gek geworden!' schreeuwt Arda. 'Ze moesten jou eens slaan met die zweep.'

Namanda ziet asgrauw. 'En wie denk jij dat je bent? Als ik mijn pony wil slaan, dan sla ik mijn pony!' Ze doet een uitval naar Arda om haar de zweep te ontfutselen.

Arda houdt het ding stevig vast.

Uiteindelijk geeft Namanda het op. Ze laat de zweep los en stapt de box uit. Het halster smijt ze op de grond. 'Als jij het allemaal zo goed weet, zadel jij haar maar op. Je weet waar mijn spullen liggen.' Ze draait zich met een ruk om en stampt weg.

Met grote inspanning weet Arda de zweep in tweeën te breken en ze gooit hem buiten de box op de grond. Vervolgens keert ze zich om naar Aurea.

Die kijkt haar trots aan.

Arda schudt haar hoofd. 'Echt, ik begrijp wel waarom je het hebt gedaan. Namanda is een gemeen kreng. Maar ik ben bang. Bang dat ze er genoeg van krijgt. Als ze je niet meer wil hebben, word je vast verkocht. En dan ben ik je kwijt,' zegt ze verdrietig.

De schrik slaat Aurea om het hart. Arda kwijtraken is zo ongeveer het ergste wat haar kan overkomen. Aurea laat haar hoofd zakken.

Arda raapt het halster van de grond. Ze loopt naar de merrie toe en schuift het over haar oren. 'Kom op. Jouw actie heeft er in elk geval voor gezorgd dat ik je nu mag poetsen en opzadelen.' Ze loopt met Aurea naar de wasplaats en haalt haar eigen poetsspullen. 'Namanda heeft zo weinig borstels,' zegt ze. 'En ik wil je eens even lekker van top tot teen poetsen.'

Arda voegt de daad bij het woord. Nadat ze Aurea's huid met de rosborstel en een harde borstel heeft behandeld, haalt ze een glansborstel over het lichaam van de palomino. Ook haar hoofd wordt niet vergeten. Met een klein kammetje verzorgt Arda Aurea's witte manen en daarna haalt ze met haar vingers de knopen uit haar dikke staart. Aurea's voeten worden een voor een opgetild en uitgekrabd met een hoevenkrabber. Aurea geniet van de poetsbeurt.

Als Arda helemaal klaar is, haalt ze het zadel uit de kast van Namanda en legt het voorzichtig op Aurea's rug. De singel maakt ze losjes vast. Aurea krijgt de peesbeschermers om en daarna het hoofdstel. Zorgvuldig strijkt Arda alle haren glad. Als het allemaal klaar is, neemt ze Aurea mee naar de bak.

Namanda staat haar al op te wachten. In haar hand heeft ze de gebroken zweep. Die duwt ze in Arda's handen. 'Die zweep zul je moeten betalen,' sist ze, terwijl ze de teugels van haar overneemt.

Arda blijft staan met de gebroken zweep in haar handen, terwijl Namanda zich met een ruk omdraait en de bak in loopt. Als Namanda even later haar voet in de beugel zet om op te stappen, roept Arda opeens: 'Wacht, de singel zit nog niet goed vast!'

Het is al te laat. Zodra Namanda zich afzet, voelt Aurea het zadel van haar rug glijden. Namanda ligt op de grond en het zadel hangt helemaal scheef. Een groepje meisjes dat staat te kijken, begint te lachen. Eerst zachtjes, maar dan steeds harder. Namanda staat op en slaat haar broek af. Boos sjort ze aan het zadel, tot het weer op zijn plaats ligt. Daarna trekt ze de singel aan.

De man met de schimmel komt aanrijden. Aurea herkent hem als de man die Namanda er de eerste keer op wees dat ze geen cap droeg. Hij grinnikt en roept: 'Namanda, je bent je cap vergeten. O nee, die deed je niet op. Jij kon zo goed rijden dat je er toch niet af viel.'

Het groepje meisjes aan de kant giert het uit van het lachen.

Namanda krijgt een kleur. Ze zet opnieuw een voet in de beugel en stijgt op. Met een plof landt ze in het zadel, maar Aurea blijft doodstil staan.

Deze keer laat ik me niet afleiden, denkt ze. Ze heeft zich voorgenomen ervoor te zorgen dat Namanda haar niet kwijt wil.

29

Ik doe het voor Arda

Een half uur lang lukt het Aurea om steeds op het juiste moment te doen wat Namanda wil. Het vraagt het uiterste van haar concentratie, maar het lukt. Daar is ze best trots op. Namanda's humeur is desondanks geen greintje verbeterd.

De meisjes die in het begin zo om haar moesten lachen, zijn al die tijd blijven staan.

Na een half uur heeft Namanda er blijkbaar genoeg van, want ze stapt midden in de bak af. Ze neemt Aurea aan de hand mee naar de poetsplaats. Arda volgt ze op de voet met het halster. Maar Namanda stopt niet om Aurea af te zadelen; ze doet de deur van de stal open en loopt naar buiten. Op het parkeerterrein stapt ze weer op Aurea's rug.

'Wat ga je doen, Namanda?' vraagt Arda vanuit de deuropening.

'Dat gaat jou natuurlijk geen bal aan,' zegt Namanda kortaf. 'Maar als je het zo graag wilt weten: ik ga een buitenrit maken. Ik ben het zat om door iedereen te worden bekeken.'

Arda lijkt te schrikken. 'Eh... wacht even. Ik pak mijn fiets, dan ga ik met je mee.'

'Ik dacht het niet,' zegt Namanda beslist. 'Op jouw gezelschap zit ik al helemaal niet te wachten.' Meteen rijdt ze weg. Aan het eind van het parkeerterrein laat Namanda Aurea in draf overgaan en links afslaan.

Aurea ziet nog net dat Arda naar haar fiets rent en erop springt om hen achterna te rijden.

Het is voor het eerst dat Aurea op een weg loopt. Het voelt vreemd aan. Gelukkig zijn er geen auto's. Namanda houdt het tempo er behoorlijk in en stuurt haar na een tijdje de weg af, het bos in.

In het bos vindt Aurea het heerlijk. Ze geniet van de buitenrit: het is fijn om even geen saaie rondjes in de bak te hoeven draaien. Namanda laat haar in galop overgaan.

Opeens ziet Aurea een stapel boomstammen midden op het pad. Ze liggen precies tussen twee bomen opgestapeld. Eerst denkt Aurea dat Namanda de hindernis niet gezien heeft. Maar als ze het tempo laat zakken, drukt Namanda haar hielen direct aan.

'Naar voren! Schiet op!' roept ze.

Aurea begrijpt direct dat het de bedoeling is dat ze over de stammen springt. Paniek grijpt haar bij de keel. Ze ziet in gedachten de beelden van de sprong over het hek van de kraal, voelt weer de angst en de stekende pijn in haar been. Je kunt het niet, je moet stoppen, schreeuwt een stemmetje in haar hoofd.

Ze gaat langzamer galopperen, maar Namanda zet haar nogmaals aan tot een hoger tempo. Opeens duikt in Aurea's gedachten het gezicht van Arda op. Ze hoort het meisje weer zeggen hoe bang ze is om Aurea te verliezen. Ik moet springen, voor Arda, denkt ze.

In de laatste meters tot aan de hindernis lijkt alles vertraagd te gebeuren. Aurea hoort alleen nog maar het gedreun van haar hoeven op het bospad. Haar ogen zijn gefixeerd op de stapel boomstammen. Aan de rand van haar bewustzijn hoort ze opeens Arda schreeuwen: 'Aurea! Nee!' Maar ze is nu zo geconcentreerd dat ze er geen aandacht aan besteedt.

De hindernis is niet heel hoog. Een stukje voor de stapel zet ze af. Te vroeg! Met haar voorbenen en buik schampt ze de bovenste boomstam, maar haar achterbenen komen niet hoog genoeg.

Aurea verliest haar evenwicht en tuimelt voorover. Ze slaat over de kop. Als ze op haar rug landt, hoort ze met een enorm gekraak het zadel breken. Daarna wordt het eventjes zwart voor haar ogen.

Aurea hoort Arda gillen. Terwijl ze overeind krabbelt, ziet ze Arda over de hindernis heen klimmen. Dan ziet ze Namanda. Die ligt heel stil, met haar ogen dicht. Haar gezicht is spierwit en in haar been zit een vreemde knik.

Ook Arda ziet Namanda liggen en ze lijkt te schrikken. Met haar handen voelt ze in haar jaszakken en slaat dan met haar platte hand tegen haar voorhoofd. 'Ik heb mijn mobieltje thuis laten liggen.' Ze knielt bij Namanda neer en doorzoekt haar zakken. 'Hebbes,' zegt ze, als ze een zilverkleurig apparaatje uit de jaszak van het meisje vist. Ze drukt op allerlei knopjes, maar blijkbaar gebeurt er niet wat de bedoeling is, want Aurea ziet haar triomf omslaan in wanhoop.

'Geen bereik.' Arda draait zich naar haar om. 'Ben jij nog heel?' Ze bekijkt Aurea vluchtig.

Aurea heeft niet het idee dat ze iets ernstigs mankeert. Ze voelt wat kleine schaafwondjes, maar verder niets.

'Je moet terug naar de stal,' zegt Arda. 'Als ze je daar zien zonder Namanda, gaan ze haar wel zoeken. Ik blijf hier bij Namanda.'

Aurea twijfelt even. Ze wil Arda niet alleen laten.

Maar Arda leidt haar tussen de bomen door langs de hindernis, naar de plek waar haar fiets ligt. 'Ga, Aurea, nu!' zegt ze.

Aurea stapt bij haar weg. Ze kijkt achterom.

'Snel!' roept Arda haar na.

Aurea gaat in draf over en daarna in galop. Ze vliegt over het bospad. De beugels van het kapotte zadel klapperen tegen haar aan, maar ze negeert het.

Helemaal buiten adem komt ze bij Eikenwal aan. Als ze voor de stal tot stilstand komt, doen net twee meisjes de deur open.

Een van hen is het meisje met de rode krullen en de groene ogen. Ze kijkt verbaasd naar Aurea. 'Hé, dat is Aurea. De pony van Namanda. Er is vast iets gebeurd. Moet je zien! Het zadel is helemaal stuk.' Ze pakt Aurea bij de teugels en neemt haar mee de stal in. 'Ik zet haar in haar box. Ga jij snel iemand waarschuwen.'

In de box doet het roodharige meisje Aurea's peesbeschermers af en gooit ze met een boog in de gang. Daarna maakt ze de singel en het hoofdstel los. Ze tilt het zadel van Aurea's rug en pakt in één beweging het hoofdstel mee. Dan loopt ze de box uit, geeft de schuifdeur een zet en holt weg.

Aurea, die nog steeds hijgt, kijkt haar na.

Topper kijkt haar minachtend aan. 'Wat heb je nu weer gedaan? Het zadel is helemaal stuk. En waar is Namanda?' vraagt de zwarte pony.

Aurea zucht en vertelt Topper wat er is gebeurd.

Topper luistert schijnbaar onaangedaan naar haar verhaal. 'Ze had natuurlijk weer geen cap op,' zegt hij en hij neemt een hap hooi.

Direct na haar val voelde Aurea er nog niets van, maar als ze een uurtje in haar box heeft gestaan, begint haar rechterachterbeen zeer te doen. Het is het been waarmee ze tussen het hek van de kraal is blijven zitten. Nog een uur later is het been flink opgezwollen en is de pijn bijna ondraaglijk. Aurea houdt haar been van de grond, zodat er geen gewicht op rust.

Aan het eind van de middag hoort Aurea twee meisjes met elkaar praten. Als ze de naam Namanda hoort vallen, spitst de merrie haar oren.

'Heb je het al gehoord van Namanda? Die is vanmiddag van Aurea gevallen toen ze een buitenritje maakte.'

'Ja, ik heb het gehoord. Ze is behoorlijk hard terechtgekomen. Het is maar goed dat ze haar zo snel hebben gevonden. Als Aurea niet regelrecht naar huis was gelopen, had ze er nu nog wel kunnen liggen.'

'Ik hoorde dat Arda al bij haar was toen ze haar vonden. Die moet in de buurt geweest zijn toen het gebeurde. Arda is ook meegegaan in de ambulance. Het schijnt dat Namanda haar been heeft gebroken. En ze heeft een zware hersenschudding. Geen cap, hè.'

De meisjes lopen door. Aurea kan niet langer verstaan wat ze zeggen. Dus Namanda heeft een gebroken been en een zware hersenschudding. Dat is niet zo mooi, denkt Aurea, die daardoor even haar eigen pijn vergeet.

30

Waar is Arda?

Pas als de staljongen de volgende ochtend met de voerkar rondgaat, wordt ontdekt dat Aurea ook geblesseerd is geraakt. Als de jongen haar dikke been ziet, haalt hij de bedrijfsleidster van Eikenwal erbij.

Evelien is een stevige vrouw met kort donkerblond haar en een vriendelijk gezicht. Aurea herinnert zich dat Arda van haar het doosje met naaigaren mocht lenen om de scheur in haar deken te repareren. Arda vond haar aardig.

Evelien doet de deur van de box open en strijkt even zacht over de neus van Aurea. 'Is er nog helemaal niemand geweest die zich om jou heeft bekommerd?' zegt ze zacht. Haar stem is warm en Aurea heeft er meteen een goed gevoel bij.

Evelien bekijkt het dikke been en laat haar hand er zacht overheen glijden. Dat doet pijn en Aurea trekt haar been nog verder omhoog.

'Dat doet zeer, hè?' Evelien trekt een zorgelijk gezicht. 'Goed dat je me hebt gewaarschuwd, Sjors. Ik kijk wel even of ik mevrouw Van der Zee te pakken kan krijgen. Ik zal met haar overleggen of er een dierenarts naar Aurea moet komen kijken. Dat been is wel erg dik en warm.'

De staljongen knikt en duwt zijn voerkarretje naar de volgende box.

Een uur later komt Evelien opnieuw de gang in, deze keer op de voet gevolgd door een wat kalende kleine man met een brilletje op de punt van zijn neus. De man heeft een zwart koffertje in zijn hand. Aurea herkent hem aan het luchtje dat om hem heen hangt: de dierenarts.

Evelien wijst op Aurea. 'Het gaat om deze pony. Ze is gisteren tijdens een buitenrit over een hindernis gesprongen en over de kop geslagen. Ze kwam zonder ruiter thuis. Aanvankelijk maakte iedereen zich vooral zorgen om het meisje. Namanda ligt in het ziekenhuis met een gebroken been en een zware hersenschudding. Vandaar dat nu pas werd ontdekt dat de pony er ook niet helemaal ongeschonden van af is gekomen,' legt Evelien uit. Ze schuift de deur open en doet Aurea een halster om. 'Ik neem haar wel even mee naar de wasplaats. Daar heeft u de ruimte en goed licht.'

De dokter knikt.

Aurea stapt heel voorzichtig achter Evelien aan de gang in. Ze kan bijna niet op het geblesseerde been staan. Bij elke stap schiet er een pijnscheut doorheen.

De dokter kijkt toe hoe ze loopt en op de wasplaats betast hij haar dikke been. Daarna tilt hij het voorzichtig op en onderzoekt de hoef. Een voor een beweegt hij Aurea's gewrichten. Eindelijk mag ze haar voet weer neerzetten. Met enige moeite komt de dokter overeind. 'Tja, moeilijk om er zo iets van te zeggen. Ik zou eigenlijk een röntgenfoto moeten maken op de kliniek. Dan kan ik zien of ze iets gebroken heeft of dat er iets anders aan de hand is.'

Evelien schudt haar hoofd. 'Dat had ik zelf ook al bedacht, maar mevrouw Van der Zee heeft me laten beloven dat het niet te veel gaat kosten. Namanda beweert dat de pony gisteren zomaar op hol sloeg en over de hindernis sprong. Ze vinden de pony onbetrouwbaar en zijn van plan om haar te verkopen.'

Aurea weet niet wat ze hoort! Ze snuift van verontwaardiging.

De dokter schudt zijn hoofd en pakt zijn koffertje. 'Dat zal voorlopig niet meevallen. Zolang ze kreupel is, kunnen ze haar niet verkopen. En als ik niet weet wat er aan de hand is, kan ik haar niet behandelen. Maar ik kan wel een pijnstiller voorschrijven. Ze mag niet worden bereden of op een andere manier worden getraind. Zet haar elke dag maar een paar uur in de wei. Als er niets gebroken is, gaat het met rust meestal wel weer over.' Hij klopt Evelien op haar schouder en haalt een potje en een schepje uit zijn koffertje. 'Geef haar elke dag twee schepjes uit dit potje, dan zal de pijn wel minder worden.'

De dokter vertrekt en Evelien brengt Aurea terug naar haar box. Ze vermengt twee schepjes poeder uit het potje met het voer dat Sjors in Aurea's bak heeft gedaan. Evelien kijkt nog even toe hoe ze begint te eten en loopt daarna hoofdschuddend weg.

De dagen daarna brengt Evelien haar elke ochtend naar een

van de omheinde weitjes achter de stal. Topper is verhuisd; hij vertelde Aurea dat hij naar de stal van Hans Veldhuizen ging, waar hij, nu Namanda niet kan rijden, door Hans' kleinzoon zal worden doorgetraind. De box naast haar is dus leeg en ondanks dat Aurea het niet altijd goed kon vinden met Topper, mist ze de kleine zwarte pony.

Evelien zorgt prima voor haar, maar toch voelt Aurea zich niet goed. De pijn in haar been wordt minder, maar dat geldt niet voor de pijn in haar hart. Sinds het ongeluk heeft ze Arda niet meer gezien. Het meisje lijkt wel van de aardbodem te zijn verdwenen. Aurea mist haar verschrikkelijk.

De palomino begrijpt er niets van. Waarom laat Arda haar zo in de steek? Heeft ze iets verkeerd gedaan? Is Arda boos op haar? Of is ze misschien ziek en kan ze daarom niet komen? Dagenlang houdt Aurea zich vast aan het idee dat Arda wel weer terugkomt. Arda houdt van mij en ik hou van Arda, zegt ze tegen zichzelf. Wij laten elkaar nooit in de steek, probeert ze zichzelf te overtuigen.

Met haar been gaat het steeds beter. Na een week heeft ze de pijnstiller niet meer nodig. Ze loopt nog wel een beetje kreupel, maar lang niet meer zo erg als net na haar val. Het been is ook minder dik. Aurea herinnert zich het advies van Emilia om rustig wat te blijven stappen om te voorkomen dat ze stijf wordt.

Aan het eind van de tweede week begint Aurea de moed te verliezen. Arda is nog steeds niet terug. Wanhopig blijft Aurea excuses verzinnen waarom Arda niet is komen opdagen. Maar na drie weken weet Aurea het zeker. Arda heeft genoeg van haar gekregen.

De pijn van die conclusie maakt dat ook het laatste beetje levenslust uit haar wegvloeit. In de wei kan ze alleen nog maar voor zich uit staren, tot Evelien haar komt ophalen en terugbrengt naar haar box. Ook heeft ze geen trek meer. Bijna dagelijks haalt Sjors haar onaangeroerde voer weer uit haar bak.

Vier weken na het ongeluk staat op een middag plotseling mevrouw Van der Zee voor haar box. Ze draagt een bruin mantelpakje en haar bruine haar zit in een strakke knot op haar achterhoofd. Evelien komt ook aanlopen.

Mevrouw Van der Zee draait zich nijdig naar haar toe. 'Ik dacht dat ik u had gevraagd voor deze pony te zorgen nu Namanda daar niet toe in staat is. Maar dat was schijnbaar te veel moeite. Ze ziet er afschuwelijk uit,' zegt ze boos.

Evelien kijkt mevrouw Van der Zee strak aan. 'Ik héb goed voor uw pony gezorgd, maar er is duidelijk iets mis met haar. Ze is al dagen lusteloos en wil niet eten. Een dierenarts zou haar moeten onderzoeken, maar u wilt daar de kosten niet van betalen.'

Mevrouw Van der Zee loopt rood aan, maar beheerst zich. 'Ach, het is al niet meer belangrijk. Ik heb een goed adresje voor deze pony gevonden. Morgen komt iemand haar ophalen.' Met een uitgestreken gezicht draait ze zich om en loopt weg. Haar hakken maken een klikkend geluid op de betonnen vloer.

Als mevrouw Van der Zee uit het zicht verdwenen is, aait

Evelien Aurea een keer over haar neus. 'Het is misschien beter zo. Ik hoop voor jou dat je deze keer iemand treft die je niet zonder na te denken over een hindernis in het bos jaagt.'

Daar kijkt Aurea van op. Dus Evelien weet dat zij geen schuld aan het ongeluk heeft!

Als Evelien weg is, denkt Aurea na over wat mevrouw Van der Zee kwam vertellen. Ze is verkocht. Morgen gaat ze opnieuw verhuizen. Ach, misschien is het inderdaad nog niet zo gek. Nu Arda niet meer komt, is er op Eikenwal toch niets meer waarvoor ze wil blijven. Het kan eigenlijk alleen maar beter worden, denkt ze.

31

Is dit het einde?

Aurea schrikt als de volgende dag plotseling een onbekende man voor haar box opduikt.

Het is een dikke man met een rood gezicht, een dikke neus en een volle bos zwart haar, dat alle kanten op staat. Hij draagt een groene stofjas, een spijkerbroek en groene kaplaarzen. Hij neemt Aurea aandachtig op. 'Ja, dit moet de pony zijn die mevrouw Van der Zee bedoelde,' mompelt hij. Hij schuift de deur van haar box open.

In zijn hand heeft hij een vaalgeel halster. Aurea ziet dat een van de ringen aan het halster ontbreekt en dat deze is vervangen door een touwtje.

Aurea heeft het niet zo op grote mannen, maar toch blijft ze stilstaan terwijl hij haar het halster omdoet. Deze man brengt haar naar haar nieuwe baas. Weg van Namanda.

Als het touw aan het halster is bevestigd, stapt Aurea zonder aarzelen achter hem aan de gang in. Haar been is nog niet helemaal genezen, maar ze heeft er niet veel last meer van. Ze kijkt alleen goed uit waar ze het been neerzet.

Het regent een beetje. De wereld ziet er troosteloos uit. De lucht is loodgrijs en nergens is een stukje blauw te bekennen.

Op het parkeerterrein staat een grote zwarte auto met daarachter een trailer. De auto ziet er nieuw uit, maar de trailer is oud en vuil en lijkt niet al te stevig. De klep is al naar beneden.

De man leidt Aurea naar de trailer. Ze aarzelt even. De enige keer dat ze met een trailer werd vervoerd, was toen Tania en zij na hun ontsnapping weer door Eric Barnes werden teruggebracht naar zijn boerderij. Aurea weet nog hoe angstig en opgesloten ze zich destijds voelde in de kleine ruimte.

De dikke man trekt aan het touw. Aurea zucht diep en stapt achter hem aan de trailer in. Als ze er helemaal in staat, maakt de man het touw vast aan een ring. Hij wringt zich aan de zijkant van de trailer door een klein deurtje naar buiten, loopt om de trailer heen en doet de klep omhoog. Fluitend loopt hij vervolgens naar zijn auto.

In de trailer zit aan de voorkant een klein raampje. Als Aurea zich uitrekt, kan ze er net door naar buiten kijken. Ze ziet de man instappen en het portier achter zich dichttrekken. Op het moment dat de motor van de auto wordt gestart, ziet Aurea de deur van de stal opengaan.

Evelien komt naar buiten. Ze zwaait met haar armen en roept iets. 'Bennie, wacht even. Ik wil je iets vragen,' hoort Aurea haar roepen.

Als ze bij de auto is, buigt ze zich een beetje voorover om de man, die ze schijnbaar kent en die Bennie blijkt te heten, een vraag te stellen. Aurea kan niet verstaan wat Evelien zo graag wil weten, of wat Bennies antwoord is. Maar aan Eveliens gezicht te zien is ze nogal geschokt door wat Bennie haar vertelt. Verbazing en woede wisselen elkaar af.

Evelien doet een stap achteruit en steekt haar hand op naar Bennie. Terwijl ze langzaam het parkeerterrein af rijden, ziet Aurea nog net dat Evelien zich omdraait en terugholt naar de stal.

De reis in de trailer is misschien niet zo comfortabel als die in Namanda's vrachtwagen, maar toch valt het Aurea alles mee. Ze bedenkt dat er nog meer verschillen zijn met haar vorige rit. Deze keer geen lila-met-roze deken en dikke beenbeschermers. Deze keer ook geen vlechtjes of extra poetsbeurt. Maar het kan Aurea niets schelen. Ze is weg van Eikenwal. Haar gevoel van blijdschap wordt alleen overschaduwd door een klein stemmetje in haar hoofd, dat haar vertelt dat de kans dat ze Arda ooit zal terugzien, verkeken is.

Een kwartier later stopt de auto. Aurea rekt zich en kijkt door het raampje naar buiten. Ze staan op een groot parkeerterrein waar nog meer vrachtwagens staan. Haar eerste gedachte is dat ze opnieuw naar een veiling is gebracht. Dan ziet ze dat uit andere vrachtwagens geen paarden, maar koeien en varkens worden geladen. Het gaat er behoorlijk ruig aan toe. De koeien lijken weinig zin te hebben om de vrachtwagen te verlaten.

Aurea kijkt naar het gebouw waarvoor ze geparkeerd staan. Wat een vreemde stal. Het ziet er heel anders uit dan Eikenwal. Een gevoel van onbehagen bekruipt haar. Waar ben ik nu terechtgekomen? denkt ze.

Bennie stapt uit de auto met in zijn handen een stapeltje

papieren. Daarmee loopt hij naar het gebouw. Het is harder gaan regenen. De druppels kletteren op het dak van de trailer. Bennie zet de kraag van zijn stofjas op.

Het is ook gaan waaien. De koeien loeien onophoudelijk en de varkens gaan steeds harder schreeuwen. Aurea wordt bang. Plotseling dringt er een geur haar neus binnen die haar de adem beneemt. Ze heeft de lucht nooit eerder geroken, maar toch kan ze die direct thuisbrengen. Het is de geur van de dood.

In een flits herinnert ze zich het verhaal van Nikkel. Hoe hij met een pijnlijke voet niet geschikt meer was voor de sport en door zijn eigenaar vervolgens naar het slachthuis werd gebracht. 'Daar maken ze paarden dood, weet je.' De stem van Nikkel galmt door haar hoofd. Aurea raakt in paniek. Het is niet eerlijk! Haar been is bijna genezen!

Aurea wordt getroffen door een oergevoel. Vlucht, schreeuwt het stemmetje in haar hoofd. Ze begint angstig te hinniken. Ze rukt aan het touw en als dat niet werkt, gaat ze er met haar volle gewicht aan hangen. Daar blijkt het oude halster niet tegen bestand. Het touwtje waarmee Bennie het halster heeft gerepareerd, knapt. Aurea schudt wild met haar hoofd, net zo lang tot ze het halster kwijt is.

Wanhopig probeert Aurea na te denken. Ik moet zien dat ik hieruit kom, realiseert ze zich paniekerig. In haar hoofd begint zich ondanks haar angst een plan te vormen. De trailer zag er niet stevig uit. Net als het hek van Eric Barnes. Daar gaf Tania een paar flinke trappen tegen en toen waren we buiten, bedenkt ze. Aurea vat moed. Ze haalt met twee benen tegelijk uit en slaat met volle kracht tegen de klep. Die kraakt, maar verder gebeurt er niets.

Aurea geeft niet op. Ze trapt nog eens en nog eens.

Voetstappen naderen. Aurea hoort Bennie schreeuwen. 'Hé! Hou eens op!'

Maar Aurea is niet van plan te stoppen en haalt opnieuw uit. Ze hoort dat de sluiting van de klep wordt losgemaakt. Trillend wacht ze tot de trailer opengaat. Dit is mijn kans, flitst het door haar heen. Bennie weet niet dat ze geen halster meer om heeft.

Zodra de klep ver genoeg open is, rent Aurea achteruit naar buiten. Bennie schrikt, maar herstelt zich ogenblikkelijk. Met een snelheid die Aurea niet verwacht had van zo'n dikke man, grijpt hij naar haar manen en het lukt hem om een stevige pluk in handen te krijgen.

Aurea laat zich nergens meer door tegenhouden. Ze probeert zich van Bennie te ontdoen door haar hoofd te schudden, maar Bennie laat niet los. Vanuit haar ooghoeken ziet Aurea dat er mensen aan komen rennen om Bennie te helpen.

Een gevoel van ongekende razernij overspoelt haar. Ze steigert en maait wild met haar voorbenen. Nu moet Bennie haar wel loslaten. Lopen! schreeuwt het stemmetje in haar hoofd. Aurea rent weg. Ze zigzagt tussen mensen door die haar proberen vast te pakken. Zonder te zien waar ze naartoe gaat, galoppeert ze in volle vaart over het terrein. Weg van het gebouw. Weg van de loeiende koeien en de schreeuwende varkens. Weg van die afschuwelijke geur.

Vlug kijkt ze om zich heen. Waar moet ik naartoe, denkt ze. Ze ziet dat er maar één manier is om van de parkeerplaats af te komen: langs de plek waar de auto's en vrachtwagens het erf op en af rijden. Verder is het terrein omheind met hoge hekken. Aurea zwenkt in de richting van de uitgang. Als ze er bijna is, komt met hoge snelheid een rode auto aanrijden. Met piepende banden draait de auto de oprit van het slachthuis op. Aurea galoppeert er recht op af. Een van de portieren wordt opengegooid. Er springt een meisje uit.

Aurea herkent haar direct. Arda!

'Aurea, kom maar,' roept ze.

Arda, ze is gekomen! Ik wist het wel, juicht het binnen in haar. Aurea rent op Arda af en komt vlak voor haar tot stilstand.

Arda slaat haar armen om de hals van de pony. Ze drukt haar gezicht tegen Aurea's gouden vacht. 'Aurea, ik kom je halen,' zegt ze met verstikte stem. Dan voelt Aurea Arda's tranen in haar vacht lopen.

32

Een gelukkig einde en een goed begin

Uit de rode auto stapt nu ook een vrouw. Ze is lang en slank en lijkt veel op Arda. Aurea begrijpt dat dit Arda's moeder moet zijn. De moeder die zo bang is van paarden.

Arda's moeder kijkt naar Arda en Aurea. Ze glimlacht. 'Arda, blijf jij even hier? Dan ga ik met die mensen praten. Ik ben zo terug.' Met een boog loopt ze om Aurea heen.

Even verderop staan Bennie en een paar anderen toe te kijken.

De moeder van Arda loopt op hen af en geeft Bennie een hand. 'Hellen van Essen,' stelt ze zichzelf voor.

Arda houdt haar armen stevig om Aurea heen. Pas als er een auto met een trailer aan komt, kijkt ze op. 'Ha, daar is Evelien,' zegt ze. Haar ogen zijn rood van het huilen, maar ze stralen als sterren.

Evelien stapt uit en lacht naar Arda. 'Je was maar net op tijd, zie ik.'

Arda knikt.

Hellen komt teruglopen. Ze geeft Evelien een hand en stelt zich opnieuw voor. 'Bedankt dat u mij hebt gebeld. Ik heb het met Bennie geregeld. Kom, dan gaan we Aurea naar huis brengen.'

Aurea spitst haar oren. Naar huis? Welk huis?

Evelien pakt uit de kofferbak van haar auto een halster en een touw en geeft ze aan Arda. 'Hier, die mag je zolang wel van me lenen.'

Arda doet het halster bij Aurea om en leidt haar naar de trailer. Deze is heel wat mooier dan de trailer van Bennie. In krulletters staat er *Eikenwal* op de zijkant geschilderd. Op de bodem ligt een dikke laag houtkrullen en voorin hangt een net met vers hooi. Deze keer stapt Aurea zonder aarzelen in. Alles is beter dan op deze plek blijven!

Arda zet haar vast en strijkt even door haar manen. 'Niet bang zijn. We blijven voortaan altijd samen. Ik mag niet bij jou in de trailer meerijden, maar ik ben dichtbij. Mijn moeder en ik rijden in onze auto achter Evelien aan naar je nieuwe stal,' fluistert ze tegen Aurea.

Een nieuwe stal, denkt Aurea. En dan: alle stallen zijn goed, als Arda er maar is. Aurea's hart zingt.

De nieuwe stal is een droom. Het is een kleine pensionstal, vlak bij het huis van Arda. De boxen zijn ruim en licht. De deuren zijn van boven open. De paarden en pony's die op stal staan, kunnen elkaar allemaal zien. Bovendien heeft elke box behalve een raam ook een luik, dat bij goed weer kan worden opengezet. De vloeren zijn bedekt met een dikke laag stro. Alle paarden gaan een paar uur per dag de wei in. Er is geen binnenbak, maar wel een grote buitenbak.

Aurea heeft een box gekregen tussen de zwartbonte Dolores en de schimmel Pegel. Met beide heeft Aurea inmiddels vriendschap gesloten.

Dolores is een brutaaltje. Ze lijkt in veel opzichten op Tania. Pegel is een al wat oudere pony. Hij kan prachtige verhalen vertellen.

Aurea was meteen gesteld op de eigenaren van de stal: Henk en Marie, een wat ouder echtpaar. Van Arda weet ze dat Henk en Marie vroeger een boerderij hadden, maar dat ze na hun pensionering de oude koeienstal hebben verbouwd. Er zijn nu paardenboxen die ze verhuren.

Op de dag dat Aurea aankwam, stonden Henk en Marie hen al op te wachten. Hellen had Henk vanuit de auto gebeld om te vragen of ze een plekje hadden voor een pony. Dat hadden ze.

Toen Arda Aurea uit de trailer had geladen, had Marie haar grijze hoofd geschud. 'Allebei veel te mager. Daar moet wat aan gebeuren,' had ze gezegd.

Nu, een maand later, zien Arda en Aurea er mede dankzij de goede zorgen van Marie al heel wat beter uit.

Als de boerin weer eens de stal in komt met voor beide iets lekkers, begint Arda te giechelen. 'Als je zo doorgaat, Marie, worden we nog te dik om dressuur te rijden.'

Marie lacht met Arda mee. 'Zo ver is het nog lang niet. Ik ben blij dat er weer wat vlees op je botten komt, meisje,' zegt ze met genegenheid in haar stem.

Dan stapt ook Hellen de stal binnen. 'En ik ben blij dat je

weer kunt lachen!' Ze slaat een arm om de schouders van haar dochter. 'Daar hebben je vader en ik ons wel zorgen over gemaakt in de weken na het ongeluk van Namanda,' zucht ze.

Er glijdt een schaduw over Arda's gezicht. 'Ik miste Aurea zo. En je was zo boos op mij, toen je me in het ziekenhuis kwam ophalen.'

Hellen knikt. 'Ja. Plotseling kregen we te horen dat je al die weken niet één keer naar de huiswerkklas was geweest. Dat je al die tijd op Eikenwal doorbracht. En dat terwijl je wist dat ik paarden gevaarlijk vind. Vind je het gek dat wij je verboden om nog één keer naar Eikenwal te gaan!'

Marie kijkt hen vragend aan.

'Misschien moet je het hele verhaal maar eens aan Marie vertellen,' zegt Hellen tegen Arda.

Arda knikt en begint te vertellen vanaf het moment dat Aurea op Eikenwal aankwam.

Als ze bij het ongeluk komt, spitst Aurea haar oren. Tot zover kent ze het verhaal al, maar ze is minstens net zo nieuwsgierig naar het vervolg als Marie.

Hellen neemt het verhaal over. 'Nadat Arda in het ziekenhuis aan de dokters had verteld wat er met Namanda was gebeurd, mocht ze naar huis. Een verpleegster belde ons op. Zij vertelde ons dat een vriendinnetje van Arda een ongeluk had gehad en dat Arda met haar in de ambulance was meegereden naar het ziekenhuis. Ze vroeg of we Arda op konden komen halen.'

Uiteraard was Hellen direct naar het ziekenhuis gereden om

Arda op te pikken. In de auto terug naar huis had ze Arda naar het ongeluk gevraagd.

'Ze wilde eerst niets vertellen, maar plotseling begon ze te huilen. Ik heb de auto langs de kant van de weg gezet. Toen heeft ze alles verteld. Dat ze niet naar de huiswerkklas ging, maar naar Eikenwal, naar Aurea.'

Arda's ouders waren geschokt geweest. En boos. Arda moest hun beloven dat ze niet meer naar Eikenwal zou gaan.

'Ik probeerde mijn moeder wel uit te leggen wat Aurea voor me betekende, maar ze luisterde niet,' zegt Arda.

Hellen knikt. 'Ja, dat is waar. Wij hadden nooit gedacht dat de liefde tussen een meisje en een pony zo sterk kon zijn. Maar zonder Aurea voelde Arda zich verloren.'

Aurea begrijpt het wel. Arda moet zich net zo hopeloos hebben gevoeld als zijzelf.

Hellen vertelt verder. 'Arda verloor haar eetlust en had nergens meer plezier in. Uiteindelijk werd ze zelfs ziek. De huisarts kon niets vinden. "Zorg dat ze weer wat plezier krijgt in het leven," zei hij. Het was mijn man die voorstelde om een pony voor Arda te leasen bij de plaatselijke manege. Ik wilde er eerst niets van horen, maar uiteindelijk stemde ik ermee in. Het leek de enige oplossing. Nu weet ik dat het geen oplossing zou zijn geweest. Arda wilde alleen maar bij Aurea zijn.'

Het is even stil in de stal. Marie, die op een baal stro is gaan zitten, knikt dat ze het begrijpt. Hellen kijkt Arda even aan, die ook knikt.

Hellen vertelt verder: 'Ik wilde Arda net het nieuws van de leasepony gaan vertellen, toen Evelien van Eikenwal belde met de boodschap dat Aurea die ochtend door een veehandelaar was opgehaald. Ze vertelde dat de handelaar van mevrouw Van der Zee opdracht had gekregen om de pony naar het slachthuis te brengen. Mevrouw Van der Zee had tegen de man gezegd dat ze kreupel was en bovendien onbetrouwbaar. En dat het de schuld van de pony was dat Namanda in het ziekenhuis lag. Maar van Arda wist ik dat het anders zat. Evelien bevestigde dat nog eens.' Hellen is even stil. 'Evelien overtuigde me ervan dat Aurea dit niet verdiend had. Ze vertelde wat een fantastische pony ze is en hoe gek Arda en Aurea inmiddels op elkaar waren. Maar als we Aurea nog wilden redden, moesten we wel snel zijn. Ik heb meteen om het adres van het slachthuis gevraagd. Evelien bood aan om ook te komen met een trailer. Want als we op tijd zouden zijn, hadden we natuurlijk vervoer nodig.'

Arda kijkt Hellen stralend aan en vervolgt het verhaal: 'Mijn moeder zei dat ik mijn jas moest aantrekken en in de auto moest springen. In de auto legde ze uit wat er aan de hand was. Ze scheurde echt naar het slachthuis en we waren nog net op tijd. Als we iets later waren geweest, was Aurea op eigen houtje de stad in gegaan!'

Marie lacht. 'Gelukkig is het allemaal goed afgelopen. Aurea is weer helemaal beter en Arda is weer gelukkig.'

'Ja,' knikt Arda. 'Soms knijp ik nog wel eens in mijn arm, om zeker te weten dat Aurea nu echt van mij is.'

Aurea straalt ook. Ze blaast zachtjes in Arda's oor. In gedachten hoort ze weer het advies van haar moeder, dat haar het afgelopen jaar zo vaak door moeilijke momenten heeft geholpen: 'Ik ben een pony van de vlakte. En daar ben ik trots op.' Aurea gloeit van binnen. En als ze naar Arda kijkt, verspreidt het warme gevoel zich door haar hele lichaam. En nu ben ik ook nog de pony van Arda en daar ben ik minstens net zo trots op!

Nog niet genoeg gelezen over paarden?
Dan is dit boek misschien iets voor jou!

ISBN 978.90.206.9139.9

Word je elke keer vrolijk als je een paard ziet? En zit je al op paardrijden of wil je het heel graag leren? In dit boek vind je allerlei praktische paardrijtips, zowel voor beginnende ruiters als voor gevorderden. Ook kom je van alles te weten over de paarden zelf.

- Hoe ze hun omgeving zien
- Hoe je het beste met ze kunt omgaan
- Waarom ze soms zo schrikachtig zijn
- Welk voer je ze het beste kunt geven (met een recept voor paardensnoepjes!)
- Wat het verschil is tussen dressuurrijden en westernrijden
- Welke kleuren en aftekeningen paarden kunnen hebben
- en nog veel meer!

Veel paardrijplezier!

*Lees op de volgende pagina's vast een stukje uit **Mijn Paardrijboek**.*

Inhoud

Hoofdstuk 1
Ben jij paardengek? 8

Leren paardrijden – maar hoe? 10
Soorten paardensport
Voltige 11
De voordelen van voltige
Paarden 14
Voorhand en achterhand – Links en rechts – Niet vergeten: paarden zijn kuddedieren, vluchtdieren en hoefdieren – De geschiedenis van het paard – De lichaamsbouw – Wat zien paarden? – Wat moet een rijpaard kunnen? – Wat moet een leerling kunnen?
Een manege kiezen 19
Rijlessen – Huisvesting – Het lesaanbod
Maak je eigen paardrijdagboek 22

Hoofdstuk 2
De eerste rijles 24

Voor de eerste rijles 26
Praktische kleding – Een cap is verplicht! – Wat maakt een rijbroek een rijbroek? – Zweep en sporen – Hoe nader je een paard? – In de box
Poetsen en poetsmateriaal 28
Hoeven uitkrabben
Opzadelen en het hoofdstel omdoen 30
Veelzijdigheidszadel – Westernzadel – Hoofdstel – Het hoofdstel omdoen
Wat staat je in de rijbak te wachten? 35
Oefenen aan de longe – **Opstijgen** – Goed zitten – Stap, draf en galop – Het verschil met westernrijden – Leren rijden op ijslanders – **Afstijgen** – Afzadelen en het hoofdstel afdoen
Zelfstandig rijden 44
Teugels vasthouden en hulpen geven – Dressuurles voor beginners – Westernstijl – Rijbaanfiguren – Rijbaanregels: wie heeft er voorrang?
Wat denkt het paard tijdens de les? 54
Goede en slechte dagen – Paardentaal...
Spelletjes 56

Hoofdstuk 3
Voor gevorderden 58

Dressuur 60
Stap, draf, galop – en dat is het? – Dressuur voor gevorderden: wijken voor het been, schouderbinnenwaarts, keertwending om de voorhand, keertwending om de achterhand – Zweefzit
Springen 65
Balkjes lopen – De verlichte zit – En hop: de sprong
Voor jonge ruiters 68
Dressuur en springen – Westernrijden
IJslanders 70
De tölt – De telgang – De uitrusting voor een ijslander
Iberische rijstijl 71
Ruiterspelen 72

Hoofdstuk 4
Buiten rijden 74
Klaar om buiten te rijden – Belangrijke voorbereidingen – Hoe gedraag je je in het verkeer? – Waar mag je eigenlijk rijden? – Zachte bodem, harde bodem – Bergop en bergaf – Problemen bij buitenritten – De terugweg – Buitenritten in de winter – Buitenritten in de zomer
Giftige planten 82

Hoofdstuk 5
Zelfstandig rijden en verzorgen 84
Alleen met het paard in de bak 86
Trainingsplannen – Longeren – Grondwerk – Inladen
Ruiterproeven 90
Wedstrijden 92
Paardenvoer 94

Hoofdstuk 6
Jouw droom: een eigen paard? 98
Is een half paard misschien ook genoeg? – Hoe koop je een paard? – Wat kost een paard? – Hoeveel tijd heb je nodig?
Help, ik heb een paard! 103
Verschillende soorten stalling – Basisuitrusting – Lessen – Te paard
Ondeugden, verwondingen en ziekten bij paarden 106

Hoofdstuk 7
Mooie paarden 108
Vachtkleuren 110
Aftekeningen 111
Paardenrassen 112
Appaloosa – Arabische volbloed – Engelse volbloed – Fries – Haflinger – IJslander – Fjordenpaard – Quarter horse – Shetlandpony – Trakehner
Brandmerken 117

Hoofdstuk 8
Later wil ik wat met paarden gaan doen... 118
Instructeur – Instructeur Westernrijden – Groom – Bereden politie – Dierenarts – Paardenfysiotherapeut – Paardentandarts – Hoefsmid – Instructeur Paardrijden Gehandicapten

Adressen 122
Verklarende woordenlijst 124
Register 125

NUR-code 210 / ARS090801

Tekst: Cornelia Panzacchi
Illustraties: Birgit Kreimeier
Foto's: Nicole Königsheim, Ingris Bräuer (ijslander)
Oorspronkelijke titel: *Spass im Sattel*
Nederlandse vertaling: inAksie/Vitataal, Oostum

www.kluitman.nl

Bij Koninklijke Beschikking Hofleverancier

Hoofdstuk 5

Zelfstandig rijden en verzorgen

Misschien kun je bij een manege buiten de rijlessen om ook eens een paard huren om ermee te gaan rijden in de binnen- of buitenbak – alleen, dus zonder dat een instructeur je steeds aanwijzingen geeft en zonder dat je deel uitmaakt van een groep. Je kunt dan zelf bepalen wat jullie – jij en je paard – gaan doen, hoe lang jullie dat gaan doen en wat je erna van plan bent.

Alleen met het paard in de bak

Het is wel even wennen als je voor het eerst samen met je paard alleen in de binnen- of buitenbak komt. Maar wees niet bang, het valt best mee. Waar het om gaat, is dat je niets vergeet van wat je tot nu toe geleerd hebt. Voor je zelfstandig aan de slag gaat met je paard, moet je wel goed kunnen rijden. Bovendien moet je de figuren op de hoefslag en de regels in de bak uit je hoofd kennen.

Als je met het paard in de bak wilt rijden, moet je op het volgende letten: voor je de bak in gaat, vraag je of je erin kunt. Zo geef je anderen die al in de bak rijden, de kans om met hun paard bij de ingang weg te gaan. Pas als ze jou een teken hebben gegeven, doe je rustig de deur of het hek open. Daarna ga je met jouw paard de bak in en doe je de deur of het hek weer achter jullie dicht. Vervolgens leid je je paard naar het midden van de bak. Dat hoeft niet precies op X te zijn. Hier kun je in alle rust aansingelen, je beugels op maat maken en opstijgen zonder de anderen te hinderen of te storen. De eerste tien minuten rijd je je paard los door het aan de lange teugel te laten stappen. En dan?

Trainingsplannen

Welke oefeningen moet je nu eigenlijk gaan doen? De oefeningen die jullie beide heel goed kunnen? Of die waar jullie wat moeite mee hebben? Het beste is altijd afwisseling. Steeds dezelfde oefening doen vindt je paard niet leuk. Het zal snel dwars worden en de prestaties zullen achteruitgaan. Het paard wordt bokkig, en dat betekent niet dat het heel erg gaat bokken, maar dat het vervelend en chagrijnig wordt. Het beste kun je de oefeningen die je wilt gaan doen, van tevoren met je instructeur of een ervaren ruiter bespreken.

Begin met iets makkelijks. Als dat goed is gelukt, beloon je je paard en oefen je iets wat jullie nog moeten verbeteren. Je moet wel zeker weten dat jijzelf de oefening goed uitvoert, anders zal het paard niet begrijpen wat je bedoelt. En let goed op dat je nooit

te veel van het paard vraagt. Kies doelen die je kunt bereiken.
In het begin moet je voor een rijtijd van 30 tot 45 minuten maar twee lastige oefeningen inplannen, omdat het paard zich voor en na die oefeningen moet kunnen ontspannen. Tussen de oefeningen door moet je steeds weer een paar rondjes gewoon in stap, draf of af en toe galop rijden om los te worden en een beetje te relaxen.
Rijpaarden train je niet alleen door ze in de bak te rijden. Ook longeren, werken aan de hand, springen en buitenritten horen bij een evenwichtige training, net als oefeningen die het vertrouwen tussen mens en dier bevorderen.

Longeren

Longeren is een kunst op zich. Kijk die kunst eerst goed af bij ervaren ruiters en vraag je instructeur om je de eerste paar keer te helpen.
Bij het longeren laat je het paard aan de longe in een cirkel rondlopen. Je staat dus in het midden van de cirkel en het paard loopt om je heen.

Dit doe je
- om het paard beweging te geven en stoom af te laten blazen (bijvoorbeeld als het lang in de box heeft gestaan of in een trailer vervoerd is);
- om het paard te leren zich te strekken en te verzamelen en ook om buiging te geven (daarvoor gebruik je een kaptoom (een soort halster met ringetjes eraan), een longeersingel en bijzetteugels);
- om het paard ook zonder ruiter te trainen (bijvoorbeeld als het tijdelijk niet bereden mag worden of nog spieren moet opbouwen om een ruiter te kunnen dragen).

Paarden worden met een kaptoom gelongeerd of met een hoofdstel en bit. Van tevoren worden de teugels van het hoofdstel gehaald, zodat het paard er niet op kan stappen. In de bitringen wordt dan een longeerbitstukje gehaakt en daarin weer de longeerlijn. Rol de longeerlijn op in lussen die ongeveer even lang zijn als je onderarm. Houd de lijn net zo vast als een teugel, dus tussen de pink en ringvinger door je hand in en onder je duim er weer uit. Wikkel de longeerlijn nooit om je hand heen! Als je het paard op de linkerhand longeert, houd je de longe in je linkerhand. De longeerzweep houd je in je rechterhand. Bij longeren op de rechterhand doe je het precies andersom. De zweep dient niet om het paard te slaan, maar om het tekens te geven.

Loop met je paard naar het midden van de volte en stuur het dan van je af door 'stappen!' te zeggen en de longeerlijn te laten kronkelen. Als je wilt dat het paard gaat draven, zeg je: 'drrraf!'. Richt de punt van je zweep op het spronggewricht van het paard als je wilt dat het voorwaarts gaat, of op zijn borst als het moet inhouden of halt houden. Met de hand waarin je de longe vast hebt, geef je halve of hele ophoudingen zoals je bij het rijden zou doen. Regelmatig laat je het paard halt houden en omdraaien, zodat het de andere kant uit loopt. Op deze manier worden beide zijden van zijn lijf evenveel getraind. Bij het omdraaien moet, als dat nodig is, ook de instelling van de bijzetteugel aangepast worden. Het paard moet uiteraard altijd naar binnen gesteld en gebogen zijn, dus de binnenste bijzetteugel is iets korter. Laat het paard in elk geval voor en na de longeersessie steeds vijf minuten zonder bijzetteugels stappen zodat het zich kan uitstrekken en ontspannen.

Grondwerk

Bij deze oefeningen blijf je met beide benen op de grond staan in plaats van op te stijgen. Vanuit dat oogpunt bekeken, hoort longeren er ook bij. Meestal verstaan we echter onder grondwerk dat je het paard bepaalde oefeningen laat doen terwijl je het aan de teugel hebt.
Ook veulens kun je alvast wat oefeningen leren door middel van grondwerk. Ze moeten leren om zich te laten leiden en op commando halt te houden. Oudere paarden kun je over balken laten stappen bij wijze van gymnastiek. Of je legt een plastic zeil op de grond en leert het paard dat het niet gevaarlijk is om eroverheen te lopen door zelf het goede voorbeeld te geven. Een prima oefening voor de gehoorzaamheid is het paard aan de hand achterwaarts te laten stappen. Voor een schichtig paard kun je een parcours van vreemde en 'enge' voorwerpen maken door stoelen, grote plastic tonnen of zelfs een parasol in de bak te leggen. Je laat het dan zien dat er niets met hem gebeurt als het naar die dingen toe gaat of erlangs loopt. Mocht het paard de oefening niet goed doen, ga dan niet schelden of slaan. Herhaal de oefening net zo lang tot het wel lukt. Als het paard zijn werk goed doet, beloon je het uitvoerig en ga je wat anders doen. Wanneer het paard na heel lang proberen eindelijk doet wat je van hem vraagt, stop je met het grondwerk voor die dag. Het paard ervaart dat als een beloning.

Inladen

Grondwerk is een goede voorbereiding voor als je het paard in een trailer of veewagen moet zetten. Veel paarden vinden dat griezelig, vooral omdat ze eerst over een plank moeten lopen die onder hun hoeven hol klinkt (er zit immers ook niets onder). Daarom moet een paard hebben geleerd dat het ook aan de hand gehoorzaam moet zijn en dat het de persoon die het leidt, kan vertrouwen. Het dier moet weten dat je niets van hem verlangt wat gevaarlijk of pijnlijk kan zijn.

Om het inladen te oefenen moet de trailer op een rustige plek staan en het liefst ver van alles waaraan een opgewonden paard zich kan bezeren. Kijk eerst meerdere malen hoe andere paarden ingeladen worden voor je het zelf probeert en vraag altijd ervaren ruiters om je te helpen. Als het zover is, leid je het paard aan halster en halstertouw zelfverzekerd de loopplank op en de trailer in. Aarzel nooit en draai je vooral niet naar hem om: omdraaien is voor paarden een teken van gevaar, want op die manier deelt de leider van de kudde mee dat de kudde moet blijven staan of wegvluchten. Loop over het midden van de loopplank. Je helpers lopen eerst achter het paard aan om te voorkomen dat het terugdeinst. Daarna gaan ze aan weerszijden staan zodat het niet zijwaarts uitwijkt en zich aan de loopplank verwondt. Als je in de trailer bent, bind je het halstertouw vast aan de daartoe bestemde ringen voor in de trailer. Een helper zal de achterstang aanbrengen, die verhindert dat het paard tijdens het rijden naar achteren glijdt. Jij gaat door het deurtje aan de voorkant naar buiten. Om te zorgen dat het paard zich onderweg niet te veel verveelt en wat te knabbelen heeft, kun je vóór zijn hoofd een vol hooinet hangen (ook daarvoor zit er een ring in de trailer). Als je twee paarden moet inladen, zet je altijd eerst het paard in de trailer dat gewend is om vervoerd te worden en dat zich zonder problemen zal laten inladen. Het tweede dier zal dan

makkelijker de trailer in lopen.

Ook als een paard niet naar wedstrijden toe hoeft, is het heel belangrijk dat het heeft geleerd om zich makkelijk te laten inladen. Het kan elk paard overkomen dat het plotseling snel naar een veearts gebracht moet worden.

Begin niet pas de dag voor de wedstrijd het inladen te oefenen. Kies er een willekeurige dag voor uit, waarop je nergens heen hoeft. Als het paard zich netjes heeft laten inladen, laat je het een tijdje in de trailer staan en geef je het zijn lievelingshapje. Dan maak je het halstertouw los en leid je het paard voorzichtig achterwaarts de trailer weer uit. Geef het overdreven veel schouderklopjes.

Ruiterproeven

Op veel maneges kun je als je een tijdlang les hebt gehad, diplomarijden. De eerste keer is dat natuurlijk heel spannend. Hoe gaat dat precies, bij zo'n diploma?

De voorbereidingen

Voor je eerste diploma moet je een dressuurproef rijden. Het allerbelangrijkste advies is: zorg dat je op tijd op de manege bent. Dan hoef je je niet zenuwachtig te maken of te haasten, en ga je uiteindelijk niet vol stress de bak in voor je proef. Als je gehaast en zenuwachtig bent, slaat dat vaak ook over op je paard, waardoor je proef minder goed zal gaan.

Het is de bedoeling dat je er zelf netjes uitziet, met een rijbroek, rijlaarzen en een zwarte helm. Je hoeft nog geen rij-jasje aan, een net shirt met een bodywarmer ziet er ook goed uit. Verder moet je paard er verzorgd uitzien. Neem dus de tijd om hem te poetsen, de manen en staart uit te borstelen en de hoeven schoon te maken en misschien zelfs in te vetten, zodat ze gaan glanzen. Pas wel op dat je zelf niet vies wordt terwijl je ervoor zorgt dat je paard glanzend en schoon wordt. Misschien is het handig om je diplomakleren pas op het laatste moment aan te trekken, of anders kun je er een trui en een wijde trainingsbroek overheen dragen zolang je met je paard bezig bent.

Als jij de eerste bent die een proef gaat rijden op je paard, moet je hem waarschijnlijk nog even losrijden als daar ergens gelegenheid voor is. Houd je daarbij aan wat je tijdens de lessen hebt geleerd. Laat het paard eerst over de hoefslag en later in wat voltes in stap en draf warmlopen. Vraag nog niet te veel van hem, want dan is hij moe tegen de tijd dat je aan de beurt bent.

Meestal is er wel een ringmeester, dat is iemand die in de gaten houdt hoever het programma is en of iedereen op tijd klaarstaat. De ringmeester waarschuwt jou als je naar binnen moet rijden.

De proef

En dan is het zover: je gaat beginnen met je proef. Langs de kant staat iemand die de proef voorleest. Jij moet zo goed mogelijk alle oefeningen laten zien aan de jury. Dat zijn meestal twee mensen die in het midden van de korte zijde bij C achter een tafeltje zitten en jou punten geven voor ieder onderdeel.
Waar moet je precies op letten bij het rijden van je proef?
Zorg in elk geval dat je netjes rijdt, dus probeer mooi rechtop te zitten in een ontspannen houding en gebruik geen ruwe hulpen. Het is natuurlijk wel de bedoeling dat je paard naar je luistert, dus maak de teugels niet te lang en wees duidelijk in wat je vraagt. De jury let erop of je wel drie tellen lang netjes stilstaat als dat gevraagd wordt, en of je in een rechte lijn over het midden rijdt. De voltes moeten mooi rond zijn en je moet alle oefeningen precies bij de letters rijden. Je paard mag de bochten niet afsnijden. Als je het tempo moet uitstrekken, moet er een duidelijk verschil zijn met je normale tempo en het is de bedoeling dat je je paard op tijd weer terugneemt.
Het lukt allemaal het best als je tijdens het rijden niet al te gespannen bent (best moeilijk na al deze goede raad), dus probeer ook lol te houden in het rijden.

Een jurylid kijkt bedenkelijk naar een klein paardje en vraagt de ruiter: 'Kan jouw paard hoger springen dan deze hindernis?' 'Natuurlijk, een hindernis kan toch niet springen!'

Geslaagd?

Na de proef mag je de rijbaan verlaten. Uiteraard is het dan tijd voor een dikke knuffel voor je paard.
Hij heeft tenslotte zijn best gedaan, net als jij. Veel paarden vinden het ook best moeilijk om in hun eentje in de rijbaan te lopen.
Aan het eind van de dag hoor je waarschijnlijk of je je diploma hebt gehaald en hoe hoog je bent geëindigd. Maak je niet druk als je niet meteen de eerste keer slaagt. De volgende keer is er weer een kans en soms gaat er nu eenmaal wel eens wat mis. Een paard is geen machine en kan best een keer een slechte dag hebben.

Wedstrijden

Het diplomarijden is vaak al een vorm van wedstrijdrijden. Alle ruiters krijgen punten voor hun proef en de beste ruiter heeft gewonnen.

Er zijn proeven op verschillende niveaus. Het begint bij B - Beginners, dan heb je L - Licht, M - Middel zwaar, Z - Zwaar en tot slot Z Z (dubbel Z) - Zeer Zwaar.

Als je zelf een paard of pony hebt, of misschien een verzorgpony, kun je ook lid worden van een rijvereniging, die af en toe zelf een wedstrijd organiseert en informatie geeft over wedstrijden op andere plaatsen. Vaak is het wel gezellig om niet in je eentje mee te doen aan een wedstrijd; met een paar vrienden of vriendinnen heb je veel meer lol!

Wat heb je nodig?

Wil je meedoen aan een wedstrijd bij een rijvereniging of een andere manege, dan heb je verschillende dingen nodig:

- een paard of pony (dat kan ook een paard van de manege of een geleend paard zijn) met een geldig paardenpaspoort en inentingsboekje (zie bladzijde 102);
- wedstrijdkleding (zwarte cap, en in de hogere klassen: wedstrijdjasje, witte bloes, witte rijbroek, zwarte rijlaarzen, witte handschoenen);
- een bewijs dat je voldoende punten hebt gehaald om mee te doen;
- je moet lid zijn van een paarden- of ponyclub.

Deelnemen aan een wedstrijd kost veel tijd en moeite: je moet er goed voor trainen en jezelf en je paard mooi maken voor de proef. Zelf moet je wedstrijdkleding aantrekken (en oppassen dat je je witte broek niet vies maakt – wie heeft eigenlijk verzonnen dat wedstrijdkleding wit moet zijn?). Je paard moet de dag voor de wedstrijd grondig gepoetst of gewassen worden (en

mag daarna niet gaan rollen). Bovendien moet je de manen invlechten (behalve als die zo kort zijn dat ze overeind staan), omdat de jury de paardenhals goed moet kunnen zien om te beoordelen of het dier een goede houding heeft.
Het simpelste 'wedstrijdkapsel' krijg je door plukjes te nemen van net geen vinger dik. Die plukjes vlecht je en het vlechtje bind je samen tot een knopje dat je vastzet met speciale elastiekjes (te koop in de paardenspeciaalzaak).
Vervolgens moet je nog op de wedstrijd zien te komen. Je hebt een paardentrailer nodig en iemand met een grote auto die een trailer kan trekken. Verder is het handig als iemand die verstand heeft van paarden, je kan helpen met het in- en uitladen. Er moet ook iemand voor en na de proef bij het paard blijven, als jij je moet aanmelden of de uitslagen wilt bekijken. Vraag dus je ouders, oudere broers of zussen, vrienden of vriendinnen om mee te gaan.

Na afloop van de wedstrijd is er vaak een prijsuitreiking. De beste ruiters worden in de ring gevraagd en ontvangen een rozet, dat is een lint dat aan het hoofdstel van het paard wordt gehangen. Welke kleur die rozetten hebben, is per land verschillend en hangt af van de kleuren in de nationale vlag. In Nederland krijgt de nummer één bijvoorbeeld een oranje lint, of een rood-wit-blauw kampioenslint. De tweede krijgt een rood lint, nummer drie een witte, nummer vier een blauwe en nummer vijf een groene.

Andere wedstrijden

Naast de officiële wedstrijden worden op maneges en ponyclubs ook vaak kleine, 'onofficiële' wedstrijden georganiseerd, waar het er wat losser aan toegaat. Bijvoorbeeld trails of behendigheidsproeven, met oefeningen zoals in de western trail (zie blz. 69). Er zijn ook wel eens puzzelritten waarbij de deelnemers de weg moeten zoeken en vragen beantwoorden. Misschien vind je het zelf wel leuk om met je vrienden en in overleg met de instructeur wedstrijden te bedenken en te organiseren. Als herinnering krijgen alle deelnemers een rozet of een oorkonde. Zo'n oorkonde kun je ook zelf maken. Het is altijd leuk als er genoeg zijn voor iedereen.
Je kunt ook een evenement organiseren dat 'rijden op muziek' heet. Bedenk zelf een serie oefeningen (dressuur of western) die je alleen of in een groep kunt rijden, en kies er passende muziek bij. De bewegingen van de paarden moeten aansluiten op de muziek, zowel qua tempo als qua gang. Niet vergeten: stap is een viertakt gang, draf een tweetakt en galop een drietakt. Probeer maar of je favoriete cd's te gebruiken zijn. Laat je fantasie de vrije loop. Met de kerst kun je misschien iets met engelen verzinnen of een kort toneelstukje opvoeren waarin ook paarden een rol spelen.